O PELO NEGRO do MEDO

Sérgio Abranches

O PELO NEGRO do MEDO

EDITORA RECORD

RIO DE JANEIRO • SÃO PAULO

2012

CIP-BRASIL. CATALOGAÇÃO NA FONTE
SINDICATO NACIONAL DOS EDITORES DE LIVROS, RJ

Abranches, Sérgio
A142p   O pelo negro do medo / Sérgio Abranches. – Rio de Janeiro: Record, 2012.

ISBN 978-85-01-09918-1

1. Romance brasileiro. I. Título.

12-3264.   CDD: 869.93
                                      CDU: 821.134.3(81)-3

Copyright © by Sérgio Abranches, 2012

Capa: Rodrigo Abranches, a partir de foto de Fernando Abranches
Composição de miolo: Abreu's System

Texto revisado segundo o novo Acordo Ortográfico da Língua Portuguesa.

Direitos exclusivos desta edição reservados pela
EDITORA RECORD LTDA.
Rua Argentina 171 – 20921-380 – Rio de Janeiro, RJ – Tel.: 2585-2000

Impresso no Brasil

ISBN 978-85-01-09918-1

Seja um leitor preferencial Record.
Cadastre-se e receba informações sobre nossos lançamentos e nossas promoções.

Atendimento e venda direta ao leitor:
mdireto@record.com.br ou (21) 2585-2002.

"O medo, então, nasce da superstição. O homem livre despreza a morte e sua sabedoria advém da reflexão sobre a vida, não sobre a morte."

BENEDICT DE SPINOZA

Apresentação

Minhas duas influências literárias mais importantes são Guimarães Rosa e Thomas Mann. Guimarães Rosa é uma influência quase atávica, meio mágica. Nós somos do mesmo pedaço do Sertão Cerrado mineiro. Nossas biografias têm uma conexão de profunda significação para mim e consequências importantes para Guimarães.

Meu bisavô, avô de minha mãe, era um excepcional médico, em Curvelo, cidade vizinha à Cordisburgo de Guimarães. Era "o médico do Curvelo", desses que o interior raramente tem, respeitado pela comunidade médica mineira como par inter pares. De formação germânica, era austero e distante. Mas sabia deixar claros suas preferências e seu afeto.

Um dos gestos dele para comigo que mais me encantava era o de me entregar um novo estilingue, falávamos bodoque em Curvelo, na minha infância, sempre que chegava para as férias. Ele escolhia a melhor forquilha, o melhor pedaço de couro, a mais elástica câmera de pneu, tudo cortado meticulosamente com seu canivete afiado. Minha mãe, sempre cheia de cuidados, proibia tudo que lhe parecia perigoso. Bodoque, então, nem pensar.

Chegávamos à casa de "vovô Juca", ele nos beijava e me entregava o novo bodoque, de alta precisão para estilingues artesanais, que eu ostentaria pendurado no pescoço como um colar de galardão. Sua autoridade de patriarca anulava e calava toda contraordem. Se dizia podia, então podia. Se dizia não, era não, universalmente, obediência geral. Logo bodoque podia e pronto.

— Não pode matar passarinho, é só para colher frutas — dizia.

A precisão era necessária, pois para colher frutas sem estragá-las, era preciso atingir o ponto mínimo que unia o talo à fruta. Assim colhia mangas, laranjas e mexericas.

Ele nunca me contou de sua vida. O que sei e sabia me foi contado por minha avó, mãe de minha mãe, sua filha mais velha, e por minha mãe.

Por isso foi com espanto e maravilhamento que o encontrei, inesperado e desconhecido, ao final da estória de Miguilim, o doutor que descobre que Miguilim é curto da vista, lhe empresta os óculos redondos e elimina momentaneamente sua miopia. José Lourenço Vianna, o médico do Curvelo, meu bisavô entrava a cavalo na estória de Miguilim! *"Era o doutor José Lourenço, do Curvelo. Tudo podia."*

Essa descoberta foi, infelizmente, tardia. Aconteceu seis meses após ele ter morrido, quando eu tinha dezesseis anos. Acompanhei seus últimos momentos e nunca me esqueci do olhar de amor, orgulho e gratidão, em seus olhinhos muito azuis. O orgulho vinha das conversas longas que tínhamos, eu falando das mais variadas coisas e ele ouvindo, com a vida por um fio, sem forças para falar muito, poupando fôlego. Disse à minha mãe que eu havia me tornado um jovem muito culto.

Queria tê-lo interrogado, aflito de curiosidade, maravilhado e orgulhoso, sobre como ele chegou ao Mutum, para descobrir a miopia de Miguilim. Descobri depois que sua jornada até o Mutum, na verdade, era a transposição literária da gratidão de Guimarães Rosa ao médico, meu bisavô, que, em visita ao seu Rosa, o pai, em sua casa de Cordisburgo, descobriu que aquele menino predestinado a ser o maior entre os maiores da literatura brasileira era míope. E lhe emprestou seus óculos redondinhos e ele viu que o seu mundo de Cordisburgo, o qual conhecia por partes, micropedaços que enxergava ajoelhado nas folhagens e nas pedras, sempre muito de perto, sem nunca perceber o conjunto com precisão, era bonito. "O Mutum era bonito! Agora ele sabia." Miguilim reproduz aquela descoberta infantil crucial de Guimarães Rosa.

Na minha adolescência, mergulhava nos livros de Guimarães sempre com a sensação de encontrar ecos na minha própria alma. Ele via com muito mais poesia, profundidade e exatidão, aquelas coisas do sertão que impregnaram minha alma de sensações indeléveis e se inscreveram em minha memória inapagáveis. Mesmo quando escrevo sobre a vida nas cidades, minha escrita é sempre de alguma forma tocada por esses ecos do sertão em minha alma e esses ecos ecoam sempre irremediavelmente com a musicalidade das palavras de Guimarães, sobretudo no relato de Riobaldo. E nunca pude ler, reler *Grande Sertão*, sem o sentimento de que aquele diálogo em que Riobaldo fala e o outro escuta, foi também o diálogo derradeiro que tive com meu bisavô Juca. Uma forma loquaz de agradecer, sem mencionar, minha gratidão pelos bodoques e pela lição: "não pode caçar passarinhos, é só para colher frutas."

Thomas Mann me aparece de forma não menos familiar, pelo outro lado, de meu pai. E também emaranhado em aflições pessoais. Ele me incitava a ler *A Montanha Mágica*, "o livro mais importante da literatura universal", desde que eu tinha quinze anos de idade. Nunca associou, em nossas conversas, sua profunda relação com o livro ao fato de que sua mãe, minha avó desconhecida, havia morrido de tuberculose, quando ele tinha pouco mais de três anos de idade. Um dia, alguns meses antes de morrer, me contou que havia descoberto que Mann gaguejava. Ele também gaguejava e lutava diariamente contra a gagueira: para controlá-la, pois era advogado e fazia sustentações orais nos tribunais superiores; e para vencer a carga psicológica que ela cria, inclusive pelo desconforto que provoca nos outros. Contou-me que, embora Mann falasse da tuberculose na *Montanha Mágica*, ele havia intuído da narrativa a personalidade do cago. Mais do que no *Doutor Fausto*, no qual o musicólogo excêntrico Wendell Kretzschmar padece de grave gagueira. "Mas a minha sensação, meu filho, era de estar lendo, na Montanha Mágica, o relato das aflições de um gago, não de um tísico", ele me disse.

Não investiguei a fundo a gagueira de Thomas Mann. Para mim bastava esse vínculo emocional profundo entre meu pai e seu livro. Mas é bastante plausível. Lembro-me, além de Kretzschmar, de duas referências ao gaguejar do "jovem-velho", objeto da repulsa de Aschenbach, em *Morte em Veneza*. Um escritor que consegue estabelecer esse tipo de conexão com seus leitores é um gênio, e Mann conseguiu isso, sob as mais variadas formas, com praticamente todos os seus leitores.

Encontrei em Thomas Mann, além de muitas inspirações existenciais fundamentais para minha formação, duas outras coisas preciosas. A primeira, a sensação de busca permanente. Depois, lendo a análise de Otto Maria Carpeaux sobre o "admirável Thomas Mann", encontrei a mesma ideia, mais bem elaborada. Não concordo com a avaliação depreciativa de Carpeaux sobre a qualidade intelectual de Mann, mas concordo muito quando ele diz que o leitor encontra nele enormes massas de pensamento, sem encontrar uma solução, uma saída. Encontro, no fundo de minha própria personalidade, afinidade plena entre esta sensação de procura, de jornada sem fim, que está em Mann, e a dimensão existencial do pensamento de Guimarães Rosa sobre a travessia: "o real não está na saída nem na chegada, ele se dispõe para a gente é no meio da travessia." Em *O Pelo Negro do Medo*, tentei traduzir esse sentimento de travessia e de busca sem solução.

Em pelo menos dois momentos, trato dele explicitamente.

"A vida é viagem e é passagem. Um ir extenso entre nascer e morrer. A existência é o nexo entre a afirmação da vida, o nascer, e a negação da vida, o morrer. Ambas só fazem sentido por causa desse elo significativo. Sem ele, nascer e morrer são processos meramente físicos, sem conteúdo humano algum."

No outro, ainda mais diretamente:

"Estamos livres, temos o direito de errar e acertar. Somos o que somos. Tivemos começo. Teremos fim. Agora, estamos na travessia. Tudo parece real. Ou não?"

A outra descoberta que fiz lendo Thomas Mann, o que só fui fazer dois anos depois da primeira conversa que tive com meu pai sobre *A Montanha Mágica*, é que se pode introduzir reflexões e pensamentos de natureza mais geral, filosófica, existencial, moral, falar de literatura, filosofia, música e poesia, em uma estória de ficção. Essa descoberta resolveu para mim a dúvida entre o ensaio e a ficção. E faço isso não com a genialidade de Thomas Mann, mas espero que pelo menos de uma forma que seja palatável para meus leitores. Depois encontrei outros exemplos de "romance-ensaio". *O Ateneu*, de Raul Pompeia, é, para mim, um deles, na literatura brasileira, de tremenda qualidade literária. Tem uma riqueza vocabular e textual que me fala muito perto do coração literário. O romance-ensaio quintessencial da língua portuguesa é, para mim, *Grande Sertão: Veredas*.

Não sei como *O Pelo Negro do Medo* se enquadra formalmente. Nem sei como será lido. Só posso dar conta de como o escrevi. Movido por esse encontro entre o afetivo e o literário, por essas junções inesperadas entre o vivido e o imaginado. Foi escrito como uma travessia. Como se fosse autobiográfico, como confissões do autor.

Ninguém escreve sem ambições. A ambição de *O Pelo Negro do Medo* foi a de deixar-se inspirar por aquelas narrativas que tomam momentos afetivos ou existenciais particulares e procuram torná-los transcendentes, universais. O encontro entre a pessoa — ou persona — específica e o ser humano geral.

CAPÍTULO 1

O irremediável da vida

"Quase que a gente não abria a boca; mas era um delém que me tirava para ele — o irremediável extenso da vida. (...) Digo: o real não está na saída nem na chegada, ele se dispõe para a gente é no meio da travessia."

João Guimarães Rosa

Alvoroço enorme no casarão. O primogênito do primogênito vai nascer. Nada de parteiras trazidas às pressas. O médico, hospedado com honrarias no casarão, aguardava o momento há uma semana. A família, toda posta em reverencial espera, deixara o cotidiano suspenso no fio da ansiedade do avô do primogênito, filho primeiro do primogênito do primogênito. Não fossem as roupas — mais alegres, ainda que sempre austeras —, dir-se-ia que era a antevéspera de um velório. Por trás daquelas pesadas portas de pau-ferro alguém muito importante agonizaria. Não, por trás daquelas portas cerradas alguém que julgavam muito importante estava nascendo. O suspense com que se aguardava aquele momento tinha algo de premonição ou daquele medo encontradiço nas famílias da época. Viam o nascimento, primeiro, como ameaça; em seguida, se bem-sucedido, como bênção. O ar estava pesado e isso aumentava ainda mais a sensação de parentesco entre as vigílias da vida e da morte. Ainda mais que o pai do nascituro, a caminho, arriscava não estar presente no nascimento de seu primeiro filho e a provocar, outra vez, a ira de seu pai.

Já se aproximava o início da tarde quando uma das tias saiu do quarto, esfregando as mãos numa febril, quase alérgica, aflição e anunciou que estava nascendo. As mulheres todas fazendo o nome do pai, cruzando com o polegar a testa, os lábios e depois o peito, começaram a rezaria. Não se ouvia um gemido. "Ela sempre foi quieta e corajosa..." Nem choro. De repente, uma azáfama, um corre-corre daqueles. As pesadas portas se abrem, para dar passagem a duas empregadas apressadas. Um dos tios — farmacêutico — sai do quarto, com ar preocupado, balançando a cabeça para um lado e outro, como que se recusando a aceitar. Já devia ter nascido. Nem um choro. "Nasceu enforcado", lamentou-se uma das tias, só para receber olhares fustigantes da mais absoluta reprovação. Os minutos se estendiam como se transformados em horas lentas de dolorosa inquietação.

Finalmente, o entra-sai terminou. O tio farmacêutico retornou ao quarto. E, num repente, o choro franco de um bebê rompeu toda a tensão. Gargalhadas nervosas limparam as lágrimas que já antecipavam o pior. "É menino, todo perfeito. Nasceu com dificuldade para respirar, mas o médico o salvou." Bendito médico, disse toda a família, milhares de vezes, em uníssono, e repetiria isso pelo resto da vida. Poucos perceberam, em meio a toda a confusa e quase silenciosa inquietação, que o pai chegara e entrara no quarto, as roupas cobertas do poeirão sertanejo, para ver o filho nascer. Saíram todos triunfantes, para o que seria um lauto jantar e vários dias de comemoração.

Assim descreveria meu nascimento, se lá estivesse em presença consciente. Dele guardei, sem dúvida, como marca indelével, apenas essa permanente falta de ar.

Os outros dias todos são a história.

Um dia minha avó Eleonora me tomou pela mão e me levou para ver uma cama, em um quarto, no casarão da família. Os olhos brilhantes de uma emoção para mim incompreensível, ela sentenciou: "você nasceu aqui." Como se dissesse: aqui você venceu a batalha terrível da vida contra a morte. (Essa derrota original, se tivesse acontecido, seria mais um não nascer, de tão prematuro, que um morrer. E nascer é não morrer?) Fiquei olhando para aquela cama, esperando que me causasse alguma emoção. Como se fosse ter uma revelação, como se o fantasma de mim mesmo fosse deixar aquele lençol branco, me pegar a mão e me contar algum segredo essencial.

Não lembro do dia em que morri. Nem sei se morri. Não me lembro do dia em que nasci. Nem sei bem se nasci. O dia em que nascemos, o dia em que morremos, saída e chegada. A vida é a ponte, onde o real se dispõe em pleno para nós. Só posso falar, então, da viagem. Nem da saída, nem da chegada.

Nunca deixo de me espantar sempre que minha avó relembra, com o mesmo entusiasmo, o dia em que nasci. Para mim, é um ponto sem referência, pretexto de aniversário. Para ela, um evento enriquecido por tantos outros, uma paisagem muito mais complexa, em um caminho que já tem história.

A vida é viagem e é passagem. Um ir extenso entre nascer e morrer. A existência é o nexo entre a afirmação da vida, o nascer, e a negação da vida, o morrer. Ambas só fazem sentido por causa desse elo significativo. Sem ele, nascer e morrer são processos meramente físicos, sem conteúdo humano algum. "Viver consiste em agir", disse Bergson. Por isso Aristóteles definiu a tragédia como essencialmente a imitação da ação e da vida, não das pessoas. Importa é o enredo, o movimento, não os personagens. O nascimento não é mais que o dia da personagem, o importante, que é a vida, estende-se como mera probabilidade a partir dele. Não mais.

Não, o dia em que nasci não foi para mim o dia mais marcante de minha vida. Foi um começo inconsciente, naturalmente. Creio que ninguém suportaria tão cedo a consciência da imensidão irremediável da vida. Por isso começamos misericordiosamente inconscientes.

Minha caminhada teria dias mais significativos, dos quais jamais me esquecerei. E, no entanto, não existe o trajeto sem aquele dia ímpar. É o dia mais ímpar de toda a vida, exceto o da morte, ímpar também.

Uma sequência desses outros dias começou em uma despretensiosa viagem em um fim de semana prolongado pelo feriado, uns dias surrupiados à rotina diária. Viveríamos momentos reveladores, um ponto decisivo de nossas existências. Rumamos para o inesquecível.

* * *

Rio de Janeiro — Paraty, asfalto entre serra e mar, beleza de contrários que nos faz mergulhar a fantasia no oceano sem-fim, juntar nossas dúvidas aos mistérios dos bosques. Ponte múltipla entre cidade e cidade.

Cada um entende sua viagem como quer, como imagina, como sonha. Não há roteiro fixo. Os sentimentos não se reproduzem em outra biografia. Vejo o que sinto. Sinto o que vejo. Talvez...

Falo da ocorrência estranha, porém frequente na vida de muita gente, de uma viagem que começa como todas as outras, agradável, a mesma dose de surpresa, a mesma quantidade de rotina... e se transforma repentinamente em uma experiência única. Quase uma alucinação. Pode ser o que alguns chamam de viagem mágica. A magia das coisas, contudo, somos nós que fazemos.

Talvez toda viagem tenha potencial para o espantoso. O risco de se mergulhar em algo totalmente fora de controle. Como se o trajeto, as percepções, tudo, enfim, passasse ao comando de mão invisível e imprevisível, capaz de tornar tudo tão aleatório, alucinante, vertiginoso, a ponto de perdermos a noção de espaço e tempo. Raríssimas são aquelas que realizam sua magia. As que alcançam o ponto onde o real e o sonho se misturam, formando uma massa uniforme de emoções.

Viagens abrem uma janela para essa outra dimensão. Às vezes é um momento breve, que fica guardado para sempre na memória, e quando dele lembramos, sentimos um arrepio na espinha, um nó no estômago. Outras vezes, a viagem se transforma em vertigem e perdemos a noção completa da realidade. Ficam-nos apenas as sensações, os medos, as paixões.

Jornadas desnorteadas assim são sempre cheias de temores, inquietações, prazeres fortíssimos, incertezas e surpresas. Uma explosão de sentimentos fortes e contraditórios, que faz tudo ficar sem sentido, pois esconde sob sua fumaça multicolorida o nexo que dá coerência ao todo.

Há muito me persegue a noção do imprevisível. Perdi cedo a ilusão de saber a verdade. Consumi minha onipotência em todos os cruzamentos da vida em que me perdi. Há uma enorme distância, quase intransponível, entre a impressão na retina e a consciência do registro. Consciência não é sentir. É tortuoso o caminho entre razão e emoção. Ser e ser. Acontecer. Impressionante a amplitude da perplexidade humana. Duvidar é quase saber.

Somos arcanjos profanos rompendo limites, ultrapassando possibilidades. Vozes divinas em polifonia experimental. Frágeis figuras, zombando eternamente da expiação de Prometeu. Usamos o fogo contra a petulância dos deuses. Engolimos o fogo em suicida contrariedade com nossas diferenças. Plural coletividade, involuntariamente solidária, de indivíduos dessemelhantes e destino comum. Brincar com o fogo, sempre, cumulativamente. Deuses descuidados, acreditamos na própria imortalidade. Será?

O carro corria pela estrada, com minha descomprometida cumplicidade. Ia tão suave que me permitia divagar, pensar as coisas mais loucas, fazer as associações mentais mais livres e inconsequentes. A abertura súbita do olhar e da alma faz pensar. Estrada vazia, Vera a meu lado, conversa de olhos. Dedicava o mínimo possível de esforço ao ato de dirigir o carro, somente para negociar as curvas, os calombos e as excessivas irregularidades da pista. Minha atenção estava na estrada e um pouco mais além, na terceira margem. O mar azul, o cinza agreste e áspero do asfalto, o verde quente e úmido da folhagem. Fissuras concretas no devaneio de andarilhos que sempre esperam que a estrada leve a caminhos diferentes.

Vera, às vezes, parece um personagem do Cinema Novo, daqueles filmes dos quais saíamos elogiando os diálogos, embora ninguém falasse daquele jeito. Isto eu imaginava, até que a conheci. Ela fala uma mistura de Glauber e Bergman. O lado alucinado de Glauber e as fixações psicanalíticas de Bergman. Frequentemente eu nem entendo o que diz. Com certeza é louca.

— Toda vez que vejo o mar assim, aberto, me emociono. Fico olhando o horizonte. O infinito é aflitivo...

Disso sei eu, passageiro, esgrimindo ânsias com a morte, remendando a vida com esperanças. Lembro um amigo suturando a ansiedade do filho. Passou todo um domingo explicando-lhe a noção de infinito. O garoto, alheio às razões íntimas do pai, ficou perplexo, aterrorizado. Não entendia do mesmo modo. A ideia o paralisava. O mundo sem muros não fazia sentido nos seus sete anos, quando restrição é referência. Ar de mais, inesperado, asfixia. Quem não fica em choque, comprimido, diante do sem-fim? Olhar tão agudamente para além de nós mesmos. Das gerações. Da história. Do que percebemos física ou emocionalmente. Na vida, o limite somos nós. Princípio e fim. Autodefinidos, atemorizados, buscando pistas para o futuro, na mais vasta incerteza. Risco e medo. Busca e antecipação. A dúvida pode deter a criança. Porém é ela também que impulsiona. "Cada hora, de cada dia, a gente aprende uma qualidade nova de medo", como ensinou Riobaldo no *Grande Sertão*. Do medo faz-se o avanço. Da dúvida, a criação.

É preciso viver perigosamente.

Silêncio prolongado. Como nos filmes de Bergman. A câmera, porém, não percorre interiores. Mostra o mar, Vera mirando longe, demoradamente. Seu olhar como uma seta cortando o ar. Cortes em sequências rápidas, significativas: o bosque; a linha cinza do asfalto; os olhos; a água. Close no rosto grave, focando o infinito. Dissolve suavemente.

— ... de vez em quando fica impressionante demais...

A Terra é azul. E daí?

Às vezes, nem praias há mais. Do alto vê-se a cúpula da catedral nuclear.

Angra dos Reis, dos réis. Coronéis. Fomos todos corrompidos. Toda guerra é suja. Toda tirania, total. Pelo canto da estrada escorre um fio de lama. Nele vai o desconforto. Novamente. Sempre. É preciso lavar o lodo: dos corpos, da vida, da pátria.

Passamos por longa faixa clara de areia. *Propriedade privada. Entrada proibida.* O arame farpado delimita o mar. Proprietários do mar. Daqui e de ultramar.

O infinito não tem sentido. Ou não faz.

Deixamos o desconforto escorrer de nossos corpos como água suja. Jamais parar.

O rádio, ligado por reflexo, rompe o silêncio do passado que, recente, pode ser revisto.

She has Bette Davis eyes.

Ou não.

Era assim nosso caminho, alternando humores, revelando farpas e luzes. Assim, eu e Vera íamos rumo a Paraty, colorindo o trajeto com a imaginação. Dois náufragos agarrados um ao outro, como a andar de mãos dadas no escuro. Continuamos sem ver, mas um pouco mais seguros.

Quando só buscamos, viramos a presa. Sem saber aonde ir, qualquer destino é possível. Somos predadores devastando nossas próprias almas. Estamos livres, temos o direito de errar e acertar. Somos o que somos. Tivemos começo. Teremos fim. Agora, estamos na travessia. Tudo parece real. Ou não?

À esquerda, um acesso sinuoso levava a pequeno recanto, com poucas casas, de telhados antigos, repousando esquecidas na areia. Fizemos o primeiro desvio no trajeto. A linha reta nem sempre satisfaz. Nosso andar não pedia encurtamento. A estradinha terminava no centro, em algum ponto, entre a igreja e o campo de futebol. Enquanto descíamos, tentávamos adivinhar o perfil daquela aldeia parada entre a lembrança e a desolação. Triângulos interpostos ao verde das árvores. O maior, isósceles, dominando a pirâmide, já no azul, torre. Igreja.

Não tínhamos plano ou hora. Só vontade. O capricho guiava nossos passos, lentos, pela praia vazia. Nossas mãos se tocavam, de leve, transmitindo palavras silentes, cheias de calor. Chovia miúdo. A água da baía buscava, indolente, nossos pés. Ao fundo, a montanha fazia moldura para o mar.

Imaginei uma dança sobre a areia, coberta por finíssimo espelho-d'água. Movimentos muito leves, ligeiros, pontuando percepções. Satie, "Gymnopédies". Piruetas sucessivas: pés ágeis respingando brilhantes.

Uma câmera, em contraplano, mostrando o mar, a luz estourando a imagem, a areia como um espelho irisado.

Outra câmera alterna entre os pés descalços, que tocam levemente o solo, espalhando gotas luminosas, o rosto levantado para o céu, buscando o sol, e as mãos expressivas, quase falantes, quase cantando.

Possível só perseguir o infinito.

Praia, serra, sertão. Contrários. Aí, nesse ponto inverossímil, nasceram minhas contradições. Sertão é estrada. Minas, limite. Mar, ampliação. Viajante, sempre desconheci a rota. E algo me segue, permanente. Fantasma, lembrança, futuro ou saudade. Como unir esses pontos sedutores e incompatíveis? Escapar à síntese dolorida que me faz falto?

Persigo uma linha imaginária, ligando serra e sertão, que termine no mar. Agarrar nas mãos o frio, a secura, a água escorrida. Enfrentar a ponta de faca todos os perigos. Ser de palavra pouca, como lâmina fria ferindo fundo. A vida é uma briga permanente. Uma luta só. Paixão, só com paixão. Para continuar tenho apenas lembranças. A razão deslinda a travessia mais árdua. Será?

No final da praia, ao canto, encostado na pedra, estava um casebre. Portas e janelas verdes, paredes de saibro caiado, um barco emborcado à frente. Da janela entreaberta, um velho nos olhava fixamente. Inquisitivo quase. Aproximamo-nos. Dissemos bom dia. Silêncio. E, no entanto...

Seu olhar intenso nos enlaçava. Tentamos decifrar sua expressão escondida nas sombras da casa, no rosto partido ao meio pela treliça verde da janela semicerrada. A face sombria mostrava receios. O claro-escuro acentuava as marcas da vida, no canto da boca, na testa, acima do nariz, em volta do olho. A barba por fazer dava uma textura marcada e forte a seu semblante. Na luz, detalhes de porções. Na sombra, imprecisões. Pelas paredes de fora, o limo desenhava flores inusitadas. O reboco estourado traçava a trilha do tempo.

A câmera passeia lentamente revelando pouco, insinuando. Marcas, formas indefinidas. Ambiguidade. Vultos medrosos. Sombras assustadoras.

Chegamos mais perto.

— Será que o senhor poderia nos dar uma informação...

Sua primeira reação foi se esconder todo na sombra. Antepôs a treliça entre nós, como se a fina malha de madeira pudesse protegê-lo da intrusão. Reapareceu, logo em seguida, porém. Ainda pela metade. Em silêncio, sem rudeza, o olhar fixo em nós. Ficamos...

Então disse, com voz rouca e firme, quase inaudível:

— Para onde vão?

— Paraty...

— Não é bom...

— Como? O senhor disse...?

— Não é bom...

Entrou. Cerrou totalmente a trama verde da janela. Desentendemos.

— Estou arrepiada, Lucas. Ele parece um bruxo. Tinha algo em seu olhar, seu jeito. Tenho medo.

— Bobagem, Vera. Sabe como são os pescadores: desconfiados. Deixa de superstição. Ele só não gosta de estranhos.

Não é para os estranhos que se vela o olhar de Vera? Olhos que encerram imensos corredores e que, quando sombreados pelo medo, fazem lembrar castelos obscuros, labirintos indecifráveis.

Voltamos ao carro, andando um pouco mais rápido. Os olhares, quem sabe, nos acompanharam com um pouco mais de intensidade. Pensei entrever um ou outro sorriso de ironia. Talvez a mulher grávida tivesse uma nesga de temor no olhar baixo. Impressões que nos seguem, como vulto impreciso colado às nossas costas. Não adianta olhar o mais depressa possível para trás, nunca o percebemos com clareza. E da incerteza nasce a aflição e, com ela, mergulhamos no subterrâneo escuro e espesso do medo e nos perdemos.

Tomamos novamente a estrada. Mais calados, tensos. Pesquisei os olhos de Vera, tentando desvendar a alquimia de seu espanto. Olhos fundos como os desertos e tristes como o destino. Vera, colecionadora de figuras soturnas de porcelana importada, que lhe evocam tanto pavor. O espírito é volátil. Sua alquimia é inesperada. Jon Elster inventou essa noção estética, quase romântica, das alquimias da mente, ora produzindo uvas azedas, ora limões doces. O espírito contraria a matéria, desenhando contradições na mente e resolvendo-as de forma sempre inusitada. Movido pelas emoções fortes, como a vergonha, a raiva, o desejo de vingança, a paixão, o ciúme, o medo. As alquimias mentais de Vera têm sempre o medo como catalisador.

O rádio deveria estar sintonizando "A morte e a donzela", de Schubert. Close em Vera, nos seus olhos cheios de susto. Eles piscam. Corta.

Jamais olhar para trás.

Seguimos. Seguíamos. Sempre em frente, olhos e vontades fixos em ponto futuro. Alcançá-lo quem há de... É norte, referência que fazemos certa para enfrentar o desconhecido. Nunca deixar interromper o fluxo. Não se aprisionar na lembrança pura. Empurrar o sangue pelas veias da vontade, mesmo quando esteja enregelado. Soprar forte o oxigênio, pulmão adentro, nunca sufocar. Não parar. Recusar a cadeira de balanço solitária, na qual tecemos, em expectativa, o tapete de memórias, quando a vida já não anda e a morte tarda. Só buscar o caminho. Sem esperas.

— Há momentos, Lucas, em que tenho a sensação muito forte de que nossas vidas já estão escritas, desde que nascemos. Antes mesmo de nascermos. Acho que é daí que vem esse medo que, de repente, me oprime. A possibilidade de perder inteiramente o controle dos eventos e entrar no mergulho final, onde só há destino, nenhuma escolha... — Fez uma pausa longa, como se precisasse respirar.

Continuou:

— Os sinais de que atravessamos esse limite podem nem dizer respeito a nós mesmos, estar em algum incidente externo a nossas vidas. São momentos de nosso cotidiano que só se tornam significativos depois, quando não há mais remédio...

Outra pausa, suspirou fundo:

— Mas são pontos quase invisíveis, nos quais nossa própria vida está ancorada sem o sabermos. Se um deles desaparecer, toda nossa vida pode mudar...

Alongou o olhar para além da própria dúvida:

— Fico pensando nos que nunca têm essa consciência. Tudo mudou e não sabem. Num desses momentos, pode acontecer a passagem. De repente tudo se fecha e começa o voo cego do destino.

Deitou a cabeça em meus ombros, despojada:

— Eu quero saber a hora. Mesmo que nada possa fazer. Por isso pequenos acontecimentos, como o encontro com aquele velho, me impressionam tanto. Um objeto, um quadro, uma lembrança me dão logo a impressão de que estou diante de um sinal. Quero descobrir o que significa. Preciso e não consigo. Me dá um frio no estômago...

Tudo para Vera precisa ter um significado. Tudo demanda explicação. Ela não requer o lógico ou o científico, apenas uma justificativa que ponha tudo em um enredo admissível. Explicado o fenômeno, ainda que por uma via exótica, a explicação passa a ter efeitos permanentes sobre sua vida.

Como as bonecas de porcelana. Para ela, figuras macabras. Sinais de morte. Sempre vê algo de monstruoso naquelas fisionomias entre o infantil e o adulto, nos olhos que flutuam, fixos e sem vida. Algumas têm mesmo um tênue toque de maldade, aquela maldade infantil, nascida dos mais naturais apetites, ainda indisciplinados.

Vera tinha sete anos. Elisa, oito. Brincavam na garagem da casa dos pais quando um vento forte bateu a pesada porta de madeira sólida e as deixou trancadas. Sem janelas, luzes apagadas, ficaram perdidas na escuridão. O pé-direito muito alto expandia o negrume. Sem dimensões visíveis, o espaço tornava-se enorme, ameaçador. Buraco negro prestes a devorá-las. Socavão sinistro de onde poderiam sair os mais terríveis demônios. Entrou em pânico. A irmã, lâmina temperada a frio, segurou sua mão:

— Não precisa ter medo. Estou aqui. Vamos acender as luzes.

A chave ficava muito alta e ela teve que usar uma escada para alcançá-la. Com a luz acesa, Vera começou a se acalmar. Entretanto, aguda sensação de claustrofobia ainda a fazia palpitar.

Elisa procurava distraí-la, inventava brincadeiras. No alto, havia um jirau, onde guardavam objetos fora de uso.

— Vera, vamos subir. Deve ter muitas coisas interessantes.

Segredos.

Recusou. Sempre com receios. ("Para que remexer guardados?") Elisa insistiu e, finalmente, a convenceu a segurar a escada para que subisse. Determinada, ela tramava a descoberta. Vera, excitada, suava frio. A curiosidade prendia seus olhos na irmã. Estava à beira da euforia. Marginava o pânico. Transe, suspense, pecado, prazer.

Elisa passou para o jirau. Vera não a podia mais ver.

Um grito agudo. Um baque. Susto e susto. Elisa no chão. Vera aterrorizada, a vista escurecida, tonteia e tateia. Nada vê. Momentos cegos, frios, rarefeitos. Vê a irmã estatelada no chão. Estranhamente. Nada fazia sentido. Não conseguia entender o que via. Desorientada, completamente aprisionada pelo terror, estava perto do colapso.

Uma risada nervosa. Susto e raiva. Olhou para cima e viu Elisa debruçada. Olhou para baixo e a viu estirada no chão. Então, reconheceu a boneca de rosto de porcelana, que o pai trouxera de Amsterdã.

Soluçou convulsivamente por muito tempo. Gravou para sempre a dupla e simultânea imagem da irmã: espatifada no solo; viva, rindo nervosamente. Muito visível e descomposta, embaixo; difusa e estridente, quase perdida nas sombras, em cima. Qual a mais verdadeira? A ilusão visível ou o real que mal se vê?

Maldade ou acaso? Urdidura ou acidente?

— Tenho sonhado muitas vezes com a boneca quebrada na garagem. O pior é sempre o grito de Elisa, seguido de sua risada. Mas quem ri é a boneca e quem está despedaçada no chão sou eu...

Lembra-se perfeitamente do dia em que o pai chegou da longa viagem pela Europa, durante a qual ficaram com uma tia. Por seis meses viveram a falta aguda dos pais, a qual imprimiu uma marca indelével, uma fissura irreversível no espírito de Vera. Trouxeram muitos presentes, de todas as partes do mundo. O pai escolheu para ter à mão e lhe dar no primeiro instante a rica e grande boneca holandesa.

Vera nunca foi capaz de brincar com ela. De verdade, não gostou dela desde o primeiro momento. Provocava nela uma mistura pesada e incompreensível de sentimentos. Incapaz de entender, entristecia toda vez que olhava para ela. E foi a boneca de sua tristeza que, alguns anos mais tarde, inocularia nela o veneno do medo.

CAPÍTULO 2

Nas correntes

"Então o duelo, entre um só corpo;
morre e mata, sem que se diga
quem é quem, e igual, quem foi quê,
na massa abraçada e inimiga."
JOÃO CABRAL DE MELO NETO

Paraty, em algum momento da segunda metade dos anos 1980. Delicada relíquia do litoral, um pouso imperial. Tem belo e colorido casario, decorado com buganvílias e hibiscos de cor viva. Aqui e ali, viam-se estragos do tempo e marcas de displicência. Correntes cercam o centro, protetoras, impedindo a circulação de carros, preservando as casas. Daí surgiu curiosa convenção: Paraty dentro e fora das correntes.

Esses casarões antigos me projetam imediatamente para muitos passados. Serão todos meus? Nos meus pesadelos há sempre um casarão. Estou chegando a uma cidade feita só dessas casas antigas, que me fascinam e me arrastam. Como em Tiradentes ou Ouro Preto, experimento sempre a mesma sensação de que, finalmente, a memória desses passados vai me aprisionar integralmente e ficarei paralisado, vivendo intensamente em flashbacks. Uma alucinação definitiva, uma viagem da mente, sem-fim, até o esgotamento total de meu ser físico, quando, então, serei só memórias e nelas viverei para sempre. Ou não?

Chegamos ainda cedo, antes das dez horas da manhã. O hotel, simpático casarão remodelado, tinha as costas para fora e a frente para dentro das correntes. Estacionamos atrás — ali deixaríamos o carro, até a volta. Chovia. Andamos rápido. Na recepção, atendia moça paulista, feia e afável, aparentemente eficiente. Nossas reservas só valeriam a partir do meio-dia, nos informou, após remexer alguns papéis.

Não havia jeito senão improvisar duas horas de caminhada, o que, em Paraty, não é difícil. Saímos pela porta da frente, por uma rua florida, dentro das correntes, protegida. Tudo nela era história. Não tinha sequer o característico comércio para turistas. O chuvisco persistia. Não era incômodo, apenas algo com que não contáramos.

Fomos passeando pela cidade, devagar, demorando pelas ruas, as mãos dadas, trocando impressões distraidamente. Seguíamos soltos o traço do acaso, sem falar muito. Tem graça esse andar sem compromisso. Não ter endereço. Às vezes jogava cara ou coroa abstratamente. Cara, virar à esquerda, coroa, à direita. Se a moeda cair em pé (e esse resultado é rigorosamente possível, com

um terço das chances, quando atiramos níqueis imaginá-
rios ao ar), seguir em frente. Mais adiante, entramos em
uma loja e compramos chapéus de palha. Assim, evita-
ríamos que a chuva escorresse por nossos rostos. A palha
tramada cheirava a paiol.

Não era um andar totalmente livre, porém. Um sopro ligeiro de desconforto íntimo nos oprimia ainda, em
algum ponto indefinível do ser. Algo estrangeiro, passageiro. Vera fomentava essa aflição nascida de pequenos
incidentes. Mas confesso que, influenciado por sua con-
tínua tensão, experimentava inexplicável desassossego.
Seus dedos apertavam minha mão de uma forma ligeiramente diferente. Seu maxilar, aqui e ali, ressaltava, quase
imperceptivelmente, denotando uma pressão a mais nos
dentes. Seu olhar movia-se algumas vezes um pouqui-
nho mais nervosamente. Nada de extraordinário. Apenas uma pontada abafada. Um constrangimento.

Meu desconforto surgia exatamente quando percebia um desses sinais. Nada havia ali que pudesse ser objeto de ansiedade. O intangível, todavia, é sempre o pior,
ele alimentava o medo de Vera, que passava para mim, e
eu o sentia como a escorregar por meu peito, deixan-
do-me inquieto.

Percorríamos ruas molhadas, pé de moleque escorregadio. Pedra de brilho negro. Traços da infância. Serra,
sertão. O brejal, o buritizal, a Mantiqueira. Trens deixando a estação, Maria Fumaça, o *Vera Cruz*. "Olha a jabuticaba mineiiraaaa..." Os trens em minhas lembranças
nunca chegam. Sempre partem. Até quando?

Sons na alvorada. O ploquear do cavalo do leiteiro, nos paralelepípedos de Belo Horizonte. O aviso do

bem-te-vi, acertando em cheio nas culpas de todos nós. O chiado histérico da charrete de Sá Beta. O plic agudo dos sachinhos de cabo curto, com que os presidiários cortavam o matinho rebelde entre as pedras do calçamento. A catraca do vendedor de beiju. O grito estridente do louco inofensivo, que corria as ruas buscando amigos. O canto melancólico do carro de boi, sertão adentro. O assobio metálico do amolador de facas. A batida aflita da Smith Corona de meu pai.

Homem e mulher. Pai e mãe. De um lado, fazenda, casos de almas do outro mundo. Primeiras estórias. No pesadelo, animais. De outro, conversas sobre a morte. Os mortos nunca se vão em certas famílias.

As contradições fortes dão intensidade à vida. Delas se nutre a arte. Lembro *Kim*, de Kipling, fábula colonialista sobre um garoto dividido: Oriente e Ocidente; contradição: dupla transgressão, dupla subordinação. Um dia, relendo *Kim*, dei-me conta de minha própria divisão. O idioma é sempre o mesmo. O sentimento, avesso.

Paramos debaixo da árvore mais frondosa. Puxei-a para mim. Apertei-a ao peito. Vera me abraçou também e beijou minha boca. A chuva apertava e fazia ainda mais solidário aquele abraço. Fechamo-nos em um casulo, como bolha opaca a nos separar dos outros. Não tenho medida para dizer quanto demoramos naquele isolamento.

Todos temos uma bolha que protege nosso eu mais íntimo. Uns a têm enorme, gorda e ampla, egoísta. Outros, quase rompidos consigo mesmos, a têm minúscula, murchinha, carente. O tamanho varia para cada indivíduo, definindo o quanto de sociabilidade e privacidade cada um deseja ter. Entrar na bolha sem consentimento explícito é uma invasão constrangedora, até agressiva, que pode ter consequências dolorosas. Entrar por convite é experiência calorosa, de prazer, afinidade, amizade e amor.

Coisa de psicólogo, mas é uma ideia atraente. É interessante examinar as pessoas, pensando-as envoltas em uma bolha, qual uma bola de sabão, cobrindo-as por inteiro. De acordo com o comportamento de cada uma, se vê uma bolha grande e cheia ou pequena e murcha. Resistente ou complacente.

Quando duas pessoas se abraçam, às vezes as bolhas, embora próximas, não se fundem, permanecendo como uma fina película isolante. Outras vezes, elas se fundem numa só e as duas pessoas ficam mesmo pele a pele, cara a cara.

Em certas circunstâncias, as bolhas parecem comprimidas à força. Então, enrijecem, como se feitas de uma película mais robusta, mais densa e resistente. Acontece em elevadores cheios, por exemplo, em filas, multidões.

Nossas bolhas se fundiam com facilidade, quando nos aproximávamos, mas podiam formar uma carapaça opaca para os outros, nos momentos em que queríamos ficar a sós.

Depois, continuamos a caminhada, menos aflitos, mais descansados.

Uma carroça passou por nós, a batida de cascos, o ranger rude das rodas, o casario antigo... De repente me vi em um cenário de transe. Real como o sentimento. Sensação estranha. Déjà-vu?

Vejo (sou) meu tataravô, caminhando lentamente pela rua. Sol forte. Poeira. Cidade parada na espera. Do outro lado, o bar. Dentro dele, desafio e ofensa, o inimigo. Se entrasse, seria morto. Se ficasse, covarde. A bota fere o pó, determinada. Os olhos, vazios e secos, fitam depois. O coração bombeia força. As mãos, crispadas no cabo do chicote, adivinham a dor. Não olha para trás.

Entra. (Entro.) As lâminas faíscam, cortantes e límpidas. É possível ouvi-las riscar o ar e a vida. O chicote sibila altivo. Risca o dito e o feito. Faca-faca. Sangue e sangue. Morremos. Tenho cem anos e ainda não aprendi da morte...

Anúncio da morte inesperada, a penetrante dor de golpe seco, preciso e definitivo. Corte abrupto no tecido mais delicado da alma. Quantas vezes ainda serei surpreendido indefeso, vulnerável? Por quanto tempo ressentirei essas dores reviventes da morte, nas feridas que se recusam a cicatrizar?

Por tantas vezes já sonhei com a morte de meu tataravô, naquele bar perdido no meio do sertão mineiro. E sempre me confundo, sem perder, porém, a noção dos dois. Tantas vezes morremos, quando ele morria. Tornou-se mais frequente depois que meu pai morreu. A surpresa mais triste, o choque mais absoluto. Os dois sentimentos se tornaram solidários, em minha lembrança e no pesadelo. Morro com o peito aberto pela faca adversária. Não, ele morre. Nós morremos.

Meu peito dói, como se dilacerado, porque ele morreu, longe, em silêncio, talvez com um ponto frio na alma, resultado de tudo que não nos falamos. E, no entanto, quantas vezes meus olhos viram o que viu, ainda que não compreendessem como ele compreendia? Tantas vezes eu o amei e ele me amou, embora não o disséssemos. Nascemos na pedra, temos a linguagem da pedra. Às vezes não falamos sequer o necessário. Nem o indispensável. Apenas intuímos uma conversa calada, um sentimento não dito, um amor não celebrado. E este silêncio cheio de falas avessas deixa um vazio enorme.

Outra rua, já. Alheio, eu remoía o inesperado. Vera respeitava meus silêncios.

— Você parece estar carregando um peso, Lucas.

— Só das lembranças...

Vontades de quantas gerações carregamos involuntariamente, como um rio paralelo, como raio sem trovão, como suspeita sem prova? Somos história e só temos cada dia para construir. Batedores que reinventam a trilha, desbravando o cotidiano. Presentes. Passado do futuro.

Pelo caminho, várias portas entreabertas deixam entrever as miudezas diárias de uma população local, alheia ao passado enorme que distingue sua cidade e absolutamente inocente dos movimentos brutais que sacodem o planeta.

Curioso, persigo apenas o enigma. Não há verdades pelas frestas. Essa realidade singela, pequena e inocente, não é a verdade que buscamos, nem uma parte significante dela. Nem nós somos. Ela está além e aquém, acima e abaixo de nós.

A câmera deveria seguir os olhos de Lucas, focalizando recortes da cidade. Uma janela, uma porta, uma senhora sentada em sua sala, alheia aos transeuntes, um cachorro passeador buscando pão ou bordão. Um reflexo. Retalhos. Um símbolo maçom.

Ao fundo, um piano suave toca uma valsa de esquina. O céu, o mar. Enquanto Chopin é definitivamente afastado por uma cacofonia pós-schoenbergiana, o sol explode, até que, em um movimento seco e curto, a câmera fixa uma poça d'água no chão de pedra.

Corta.

Silêncio absoluto.

Vera, distraída, tinha intenso brilho nos olhos fundos, decorados por sombra quase imperceptível, nascida da intimidade com sentimentos fortes e diversos, coloridos pelos matizes de uma mesma combinação de tintas. Jardim de múltiplos caminhos, onde a florada tem a cor e a fragrância levemente atenuadas por névoa sutil. Não apaga a beleza, antes a realça. Melodia de fragmentos díspares, que se vão entrosando para formar harmônico conjunto. Compunha sua música como a tessitura de sua vida.

Quem é Vera? Uma mulher com um medo ancestral. Uma sensível compositora, que retira música da sua própria derrota diante do desconhecido. Uma vítima da fatalidade. Nada disso. Uma composição, feita de várias mulheres, uma memória, uma estória. Quem foi Vera? Por quê?

Suas pernas tremiam sem controle. Teve que se apoiar na parede. Faltava-lhe a respiração. Suava copiosamente. A boca seca, a garganta ardia. Lutava com toda a força para controlar as ânsias de vômito que a assaltavam como ondas em dia de ressaca no mar. Quase nada enxergava. Não ouvia nenhuma das pessoas à sua volta. Apenas um murmúrio abafado, objeto direto de seu pânico.

Era dia de estreia. O começo real de sua vida musical. Primeiro concerto. Antes, colecionara prêmios em Nova York e Viena. Para evitar o palco, havia delegado a tarefa apavorante de apresentar suas composições a músicos profissionais. Sequer aparecia como regente. E já fora um sacrifício enorme chegar à frente do palco, no Lincoln Center, para receber o prêmio de melhor composição inédita de compositor estrangeiro jovem. Quase desfaleceu de medo, timidez e alegria. A mesma coisa em Viena, no salão principal do Konzerthaus.

Ali era infinitamente pior. Era sua estreia no Brasil e no Theatro Municipal do Rio de Janeiro. Havia aceitado reger os músicos que executariam suas composições. Mais ainda, aceitara executar a peça de abertura comandando os teclados e o computador. E não era capaz. Simplesmente não teria forças para entrar no palco. Se entrasse, não seria capaz de conter o vômito. Se o contivesse, desfaleceria em cena aberta.

Nem percebeu que a estavam empurrando em direção ao palco. Quando se deu conta, sentiu como se estivesse sendo tragada por um buraco negro. Saía do escuro para as luzes do palco, o ofuscamento piorava ainda mais sua visão. Como se apresentar ao público com aquele animal viscoso enrolado em todo o seu corpo? Parecia feita de água, derretia, sumia. Fez um esforço derradeiro para se conter, muito além de suas forças. Viu os músicos já dispostos em seus lugares, sorridentes, olhando-a com simpatia. Ouviu um estrondo que ameaçou seu equilíbrio já precário demais. Voltou-se para ele e viu a massa informe em movimento. Era o público aplaudindo. Sua vista clareou por um breve momento e pôde ver o teatro. "É lindo." E se perdeu...

Foi um transe absoluto. Ausentou-se de si mesma e, de repente, como se em um delírio entre o sono e o despertar, sentou-se e tocou. Depois regeu suas peças. Deixou o palco. Levitava e nada percebia. Retornou ao palco duas vezes mais. Em uma delas, sentou-se ao piano e executou uma pequena peça para piano e percussão, homenagem quase tímida a Bartók. Ao deixar o palco ao final da segunda peça, "Lumiares", que regeu com um brilho inusitado, foi como se levasse uma pancada seca. Despertou do transe a ponto de ainda ouvir a última série de aplausos entusiasmados.

— Foi brilhante! — disse-lhe Beatriz, a organizadora do recital.

Todas as outras vezes que enfrentou o público, foi assim: em transe, possuída por sua anima artística, com o medo neutralizado pelo delírio.

De Lucas, sei bem ou quase nada. Sou eu ou não. É um caleidoscópio de memórias. Pouco fato, muita versão. Lucas nunca foi um. Ou foi alguém, nascido sem nome e assim criado, até que um vendedor de bíblias o chamou Lucas. Sua fé não é como a semente de mostarda. Ou nada disto, ou tudo isto ou, ainda, apenas um garoto sonhador que aprendeu a colecionar memórias dos outros e, hoje, carrega as lembranças de muitos e quase nenhuma dele mesmo.

Lucas é um sem-história, cheio de estórias para contar. É um personagem, sem direito a biografia. Eu sou Lucas, pelo menos de quando em vez. Lucas é eu... quase sempre... Lucas e eu não fazemos muito sentido, porém.

Vera e Lucas fazem sentido, ainda que singular. Eles se encontraram, como Vera temia, por pura predestinação, para seguirem um curso já traçado, embora o pudessem fazer livremente. Para encontrar a resposta definitiva a uma pergunta que não conheciam.

Como posso descrever com exatidão esse percurso de nossas duas vidas, que começou muito antes de sabermos um do outro e terminou muito além do que poderíamos experimentar? Viramos protagonistas, personagens, atores condenados ao improviso, sem saber do princípio e do fim, só do meio. A travessia. Ou não?

Paramos no meio de uma rua, cujo nome jamais soube, na pequena cidade de Paraty. A chuva miúda se fora, momentaneamente. O sol aparecia num largo espaço entre duas grandes e negras nuvens. Um jato cruza o céu, meio perdido, talvez, entre o Rio de Janeiro e São Paulo, deixando uma faixa branca de vapor, naquele espaço azul. Há vários sons no ar. Um rádio transmite a voz meio distorcida de um homem, que parece ter muito do que falar. Uma brisa ligeira roça nossos corpos delicadamente. Um pequeno cão atravessa a rua, indolente. Uma senhora deixa sua casa e caminha rua acima, olhos fixos no chão irregular. Vera tem os óculos escuros na testa, olha o cachorro, acompanhando sua trajetória irregular. O animal para, fareja algo no chão, olha para trás e retoma seu caminho, virando a esquina. Eu estou com as mãos nos bolsos, sugando lentamente o fumo matinal de meu cachimbo francês. Vera olha para mim e me estende a mão. Eu olho para Vera e tomo sua mão. Existimos, a que será que nos destinamos?

Estamos ali, naquele dia preciso, de um mês específico, de um ano determinado, no país chamado Brasil. Somos reais, como Paraty, como a velha senhora, como o cão vadio. Eu a vejo, ela me vê. Juntos vemos a senhora e o cão e Paraty. E pisamos o seu chão, respiramos seu ar. Eu sou testemunha de que ela está, esteve ali, vive, palpita, respira e suspira. Ela é prova de minha existência, de que também estou, estive ali, de que vivo, existo, sou. Vera? Lucas?

"Existirmos. A que será que se destina? (...) Apenas a matéria vida era tão fina! E éramos olharmo-nos intacta retina."

Caetano Veloso canta em um desses casarões. Como se alguém adivinhasse minhas dúvidas.

Hoje, só tenho lembranças. Cada pedaço desta cidade evoca em mim tantas memórias. Algo repentinamente se ligou em mim, provocando uma sucessão de associações. Ora o som de uma carroça me transporta vertiginosamente para pontos vários do meu passado, diversos e distintos lugares, todos marcantes em minha vida. Ora um vulto em uma janela antiga me lembra alguém que, logo, se debruça para mim na sacada do tempo. Começo a experimentar, acordado, sentimentos que me têm assaltado somente nos sonhos das noites mais agitadas. Transportado para tantos lugares, assoberbado pelas evocações, perco a referência do tempo e do espaço. Eu me perdi, longamente, de Vera, de Paraty. Perdi-me...

CAPÍTULO 3

Recomeço

"Mas a poesia deste momento
inunda minha vida inteira."
CARLOS DRUMMOND DE ANDRADE

Nosso primeiro encontro foi na casa de amigo comum. Ele dirigia um vídeo sobre música contemporânea brasileira e me havia pedido para escrever o texto.
Convidou-me para acompanhar a gravação da sequência em que Vera tocava e regia uma de suas novas composições: "Aquarianas".

Salão muito amplo e claro, cercado de jardins, a luz
entrava por entre cortinas de renda branca. No centro,
comandando vários teclados e um computador, um
Mac, Vera dominava todo o ambiente. Percebi que tinha uma queda para o dramático. Gestos sempre mais

largos e enfáticos do que o necessário. O movimento corporal punha ênfase na execução e informava sobre as intenções particulares da autora, que sabia nem sempre apreensíveis pelo ouvinte, que tem a liberdade de imaginar das causas da arte o que quiser, independente das intenções ou da vontade dela. A tecnologia, que usava profusamente, servia de moldura para sua performance gestual. E, no entanto, conseguia pontilhar com surpreendente lirismo uma composição atonal, meio eletrônica, meio acústica, rebuscada e variada. Um ritmo suave, algo inquietante, de rigorosa precisão, obtido por um crescendo de cordas e pios, envolto em uma névoa sonora produzida por naipes escuros e graves.

A abertura do primeiro movimento era quase uma citação do celo melodioso que abre o quarteto de cordas nº 2 de Villa-Lobos. Homenagem desabrida. Desta plataforma melódica brilhante do "Villa" ela partia para voos cada vez mais dissonantes e nos levava a um universo inquietante e mais feminino. Inquietante a ponto de insinuar um frio na alma, feminino no modo de se abrir ao sentimento e revelar o seu âmago.

Em um dos movimentos mais inquietantes podia-se imaginar um conjunto de câmera, formado por pássaros tropicais, tendo por trás os silvos de caldeiras e os chiados e batidas de um processo industrial. O piano acústico entrava para dar ritmo, em inusitadas costuras, bastante jazzísticas, progressivas. Um violino agudíssimo como um fino fio de cristal costurava as notas entre si, para garantir a integridade da delicada renda múltipla, que era tecida a muitas vozes.

Uma mistura inesperada e original de Villa-Lobos e Steve Reich. Um minimalismo tropicalizado, exagerado. Não chegava a negar as porções minimalistas de sua composição, mas as ousadias com que as coloria, aqui e ali, poder-se-ia dizer, maximalistas. Havia um construtivismo voluntarista em sua composição. E era claro o diálogo persistente entre o cálculo melódico racional e as irrupções de pura emoção.

Trocamos um olhar demorado, enquanto ela executava suas dissonâncias e harmonizava as contradições sonoras, suturando-as com inusitado fio lírico.

Ela parece muito com a mulher retratada por Gauguin na tela que chamou de *Vairumati*. Tem o mesmo desenho da face redonda, os lábios mais grossos que os de uma mulher de origem puramente europeia. Não tão grossos quanto os de outras taitianas retratadas pelo pintor. O mesmo corpo curvilíneo, porém sem gordura alguma. É mais alta que as nativas das ilhas do sul do Pacífico. Os seios generosos não são grandes. As mãos são grandes. As pernas grossas e bem-desenhadas. Tem os cabelos pretos, compridos, finos e lisos. Seus olhos não são puxados como os da taitiana e têm a cor de mel.

Só ao final fomos apresentados. Ficamos conversando por um bom tempo, enquanto continuavam a trabalhar em outras tomadas para o vídeo. Levei-a para casa em meu jipe. Apesar da intimidade com a eletrônica, de jamais se separar de seu Mac, nunca aprendera a dirigir. Mais tarde, alta madrugada, sussurraria:

— Adorei você, sertanejo.

Nunca mais deixamos de nos ver. Tateamos por longo período, buscando caminhos claros e novos. Queríamos evitar a repetição de desenganos. A idade cria a urgência do amor sem travo. Desadolescêramos já. Não queríamos certezas. Só precisávamos saber melhor do caminho, antes de seguir a viagem. Ou não?

Um dia, em Copacabana, estávamos sentados na varanda de um bar, de frente para o mar, sempre o mar, ligeiramente embriagados. Meu olhar percorria a linha d'água, arisco. Gaivota de verão. Mergulhou reto no rosto dela. A vodca provocara-lhe certa melancolia, nublando a colina de seus olhos. Demorei o foco naquela vaporosa tela. Acariciei, por um momento, o sentimento que me visita quando a vejo assim. Um travo trágico, coberto por muita ternura e uma estranha nostalgia do futuro. Obscureci toda a cena exterior. Restou Vera, em primeiro plano, tendo às costas não mais que a insinuação do mar na fugaz luminosidade do entardecer. Retornei a seu rosto. A tarde adensava em penumbras. Desfoquei o mundo e ficamos a sós, por um sempre.

Câmera nos dois, sentados na mesa do bar. O fundo escuro, a luz vindo pela frente. Corta. A câmera mostra uma gaivota mergulhando na água do mar. Corta. O copo de chope, bem dourado. Corta. Close nos olhos de Vera. Eles piscam. Corta. A gaivota mergulhando. Corta. Os olhos de Vera. Corta.

— O que há? — perguntei.

— A vida, às vezes, fica muito pesada. Nós nos esforçamos tanto e nunca podemos ter certeza de que o pedaço mais difícil já passou... E aí, me pergunto: para quê? E se for tudo como antes?

— Acho que até quando repetimos os mesmos erros, nada é como antes. As coisas não se repetem, elas se renovam.

— E aí vem a solução? Não consigo ser tão otimista.

— Não... Toda solução traz novos problemas. Mas, com a renovação, abrem-se outras possibilidades. É outra ocasião. Se conseguirmos agarrá-la, de frente, temos uma chance de vencer, de tomar nosso destino em nossas próprias mãos. Um renascimento, talvez...

— Não sei se as coisas não se repetem... Podem se repetir e não nos darmos conta... Como num labirinto, voltas dentro de voltas, dentro de voltas...

— O que é sempre o mesmo em sua vida? Ela me parece tão variada. Me dê um exemplo.

— Não sei... A morte... Uma vez ouvi uma criança dizer para o pai, aos quatro anos, que não queria morrer nunca, nem quando ficasse velha. Achei incrível... Ela já tinha a consciência da morte. É tudo igual. Eu também não quero morrer. Nossa tragédia é que nascemos com a consciência e o medo da morte.

Enquanto falava, seus olhos pareciam refugiar-se no fundo de seu rosto. Naqueles corredores sombrios, como os de antigo convento, nos quais a luz do sol entra à sorrelfa, enganando perpetuamente o claustro.

Câmera nos olhos de Vera. Eles piscam. Corta. Um corredor escuro de convento. Corta. Os olhos de Vera. Eles piscam. Corta. Uma cela de convento, escura, uma cama, uma cômoda, uma cruz na parede, uma pequena janela. Por ela entra toda a luz, formando um facho poeirento. Corta. Os olhos de Vera. Corta.

Vera:
— Eu acredito no destino. Mas não podemos ficar chafurdando no passado. A vida pode escoar por entre os dedos.

Lucas:

— Não vale mesmo a pena olhar para trás...

Ela chorava. Anoitecera. Afaguei seu rosto e vi aquele brilho inusitado em seu olhar.

— Acho que não é mesmo uma vida só. São muitas. Porque podemos escolher.

Vera convive com o medo, que não a deixa nunca, mas logo brota, irreprimível, a esperança. Flor robusta, enraizada na pedra.

— Somos dois idiotas, Lucas. Ficamos aqui, nesta tarde linda, meio bêbados, deixando a conversa nos deprimir. E tudo isso por quê? Porque estamos assustados. Foi assim desde nosso primeiro encontro.

Era um novo risco de perda e dor. Tenho a vida ponteada de perdas e rompimentos. Uma espera impaciente, durante a qual vou tentando, experimentando. Se ainda não for desta vez... Se não for com Vera... Eu sentia o impulso da negação. A ameaça da emoção. Como negar, entretanto, que seus olhos, temperados de paixão e reserva, me haviam seduzido? Fiquei cativo daquele olhar, enquanto a música vencia as barreiras.

É mais do que isso. Desde que nos encontramos passamos a viver estranhos e intensos sentimentos. Como se nosso encontro fechasse um ciclo, desse uma volta a mais, demais, em alguma engrenagem secreta do destino. Uma nuvem, nem negra, nem tempestuosa, todavia nuvem, se formara permanente em nosso horizonte. Ou não?

Um sorriso demorava em seus lábios. Convite sincero. Impossível negar. Só havia um jeito: adiar os receios. Beijamo-nos. Boca e boca. Mão e mão. Um seio caloroso.

Um anseio de eternidade. Somos frutos maduros, em tempo de colher. A maturidade tem esquinas onde se escondem nossos adolescentes, românticos fragmentos de nosso sonho amoroso, nunca perdido. Ser como ser. Seguir.

Daquela tarde de paixão, incerteza e vodca nasceu um nexo permanente entre nossas vidas. Debruçamo-nos sobre o horizonte amplo de nossa ligação e avançamos na interseção, apesar daquela nuvem permanente, ou por causa dela mesma, mutável na forma e na cor. Fomos desconstruindo as paralelas pelas quais andávamos, após a marcha forçada que nos trouxera àquele encontro, no qual a agenda de trabalho surpreendeu os caprichos da paixão. A construção da convivência foi obra dupla. Reforma: redesenhando planos, remanejando os tempos pessoais, refazendo as rodas de relação. Criação: constituindo novo espaço, medido para a satisfação dos desejos comuns, do a-dois, sem violar o a-sós. Um conjunto em delicado equilíbrio, enlaçamento sem restrição, partilha de iguais, compreensão de diferentes. Arquitetura de múltiplos lances: precisávamos do nosso canto, contratado livremente, e requeríamos amplitude para expressar nossa distinção.

Vera é musical, sonora, rítmica, fluida. Combina o ouvir e o falar. Tem percepção auditiva. Sua razão é sinfônica. Não a das sinfonias programadas, daquelas que resultam da harmonia dinâmica dos naipes, da compatibilidade quase casual dos movimentos. Age com a noção precisa dos compassos, sabe transitar, com coerência, da lentidão da dor para o apressamento da alegria. Adágio e alegro.

Seus silêncios são como pausas significativas, que preparam nova trilha melódica, notas mudas, partícipes da partitura. São silêncios compassados, medidos, contados, sugestivos do andamento. Seu medo é o alimento do qual nutre a sua ousadia, do qual retira força para seguir lutando. Parece precisar dele para manter a tensão criativa que a impele para a música.

Sempre assinala seus instantes com a música. Quando amadurecia decisões, sua alma requisitava, impaciente, longas horas de Mozart, sobretudo os concertos para piano. Como o próprio Mozart dizia, eram um meio feliz entre o que é difícil e o que é fácil. Ela os via como seus momentos metafísicos, quando roçava alguma noção de divindade.

Mahler — repetidamente *Das Lied von der Erde*, "A canção da Terra" — era invocado para preencher os brancos da criação, quando olhava os teclados em perplexidade, o cursor do Mac imóvel e a pauta virgem. Funcionava como uma provocação viril, quase um insulto machista, que a fazia remexer as entranhas da inspiração e romper o bloqueio. Nessas fases começava achando que nunca mais seria capaz de compor e terminava com um desabafo triunfal, meio gesto, meio resmungo.

Wagner a acompanhava no "sentido do trágico, nada original", dizia. Era com ele que recompunha aquela insistente dor que a assaltava sempre e descobria um meio de romper a fechada lógica da tragédia já vivida. Ele lhe trazia, pelo choque, com violência, como num espasmo de vômito irrefreável, a compreensão que punha ao alcance de sua mão uma linha luminosa e frágil, com a qual circundar a suspeita quase certa do destino.

Demorou a entender meus silêncios, destituídos de significado ou harmonia. Ao contrário, eram cheios da perplexidade dos limites da palavra. Nunca pausas. Antes, lacunas impreenchíveis, inexprimíveis. Pedras no caminho do falar. Não podia traduzi-los, não era capaz de incorporá-los ao meu dizer, nem expressá-los por meio do instrumento que eu sabia manejar. A literatura é ingrata com o silêncio. Não lhe dá espaço próprio, estrangula-o entre vírgulas e parágrafos. Ele fica lá, sempre meio estrangeiro, meio inalcançável. Pode-se indicá-lo narrativamente; descrevê-lo adjetivamente; interpretá-lo especulativamente; não se o pode fazer ouvir em si mesmo. Esse silêncio é o avesso imperfeito do sonoro: nunca poder ouvir os silêncios reveladores de Proust com a mesma intuição respeitosa da sala de concertos.

Surpreendia-se e até se irritava, a princípio, com meus silêncios, mudez completa, maior que a cegueira de Borges, que continuava dono das metáforas.

Nesses momentos, eu sequer ligava o PC, pois o cursor piscando explodiria ruidosamente em minha cabeça. Invadiria meu silêncio com a mesma violência com que a luz do sol nos cega, quando atinge a vista diretamente, ao sairmos de um túnel escuro.

É uma busca, escrevi-lhe, um dia. Sem fim e sem possibilidade de sucesso. Nunca serei capaz de penetrá-lo e dizê-lo. Por meio dele, vou redescobrindo os nexos, reconquistando-me, em todos os tempos e todos os espaços. Com ele apuro a razão. Nele, sou capaz de tocar as emoções. É uma pesquisa do perdido, do não tido, do retido. Sem ele não teria mais palavras.

Reagiu uns tempos, dizia-me que o silêncio me sufocaria. (Não creio. Apenas não tenho onde pô-lo, nem entre as palavras, nem entre os movimentos.) Depois, passou a respeitá-los. Não tentava compartilhá-los, nem apreendê-los. Experimentava-os com a solicitude de quem observa no outro um intervalo de tormento.

— Não sei se você entende. Eu nunca descubro o mistério interior do silêncio. Encontro memórias, desejos, emoções. São descobertas que posso usar ativamente. O silêncio, jamais. Por mais que eu procure, nunca encontro a razão mesma, intrínseca, do silêncio. Ele me revela, porém, outras coisas. Sempre me dá algo, indiretamente, nada diretamente.

— ?

Nossa construção não foi breve, nem fácil, nem completa. Vera continuou no apartamento debruçado sobre o parque. Eu mudava de um lado para outro, carregando os livros, desorganizado. Minha casa, qualquer uma delas, estava sempre desarrumada, como se recém-chegado, como se prestes a partir. Depósitos do transeunte, para ir, para vir.

Estávamos juntos todo o tempo livre de que dispúnhamos. Viver em locais diferentes não foi opção de defesa dos hábitos e idiossincrasias. Foi como uma espera, um tempo de carência, esperando o encaixe das peças, o amadurecimento da novidade. Um dia, estávamos diante de uma casa que, sabíamos, seria a nossa. Construção de pé-direito alto, com jardim, janelas venezianas, disposta entre verdes, numa rua silenciosa e tranquila. Uma ampla mansarda, cheia de teias de aranha, que logo seria transformada em estúdio, com muito charme e espaços suficientes para os dois. Foi assim, num fim de verão, tínhamos endereço novo.

Música intrigante e arbitrária, a dela. Feita de fragmentos melódicos, aparentemente dissociados, que conciliava em harmonia sempre agradável. Plena de dissonâncias, faz conjunto íntegro, de sonoridade atraente e delicada. Ao descrever sua música o fiz, naquela primeira vez que escrevi sobre ela, usando imagens de Nietzsche que me vieram à mente, enquanto mergulhava no microuniverso sonoro que construía minuciosa, em busca de seu significado mais interior. Ela compunha "transfigurando uma região na qual alegres acordes e dissonância" formavam uma teia intrincada e bela. Certamente, ela "usa dissonâncias para estar apta a viver" e, ao tecer sua teia melódica, termina por cobri-las "com véus de beleza".

Não acredita na agressividade, embora a use, nos entremeios, reconhecendo sua existência, mas recusando-lhe o domínio. Inusitada no modo de conciliar frases musicais discordantes. Original, nunca repetitiva, tem estudada concepção estética, de aparência aleatória. Percebem-se os elementos de constância: trechos rápidos, num staccato seco, que se alongam ritmicamente até se tornarem ondas vibrantes e polifônicas. Progride da terra para o ar. Como um trovão, que nasce na terra e explode no céu. Nem descritiva, nem programática, era, antes, uma revelação cautelosa e crescente do íntimo, um encontro com o mundo — primeiro, introvertido, como um pensamento; depois, aberto, convivente, recíproco, vocal. Quase todas as suas composições estão escritas como se fossem peças de câmera. As orquestrais, mais exuberantes, são raras e sempre submetidas à sua pessoal estética, fragmentária e conciliatória, recortada, entrecortada, dissonante nas partes, consoante no todo. Lembram-me a *Sinfonia em dó*, de Stravinsky, que em determinado momento jazzístico, quase dançante, parece mesmo bulir com a orquestra.

Uma vez, vendo Lorin Maazel regê-la, a orquestra se movia mesmo, fisicamente, no ritmo delicioso de seus acordes, algo plenamente lúdico. O espírito da América.

Suas peças não são puramente lúdicas, o jogo e a alegria estão presentes, como em um nascimento, onde há também muita dor. Dor criativa. Parto.

São composições eletrônicas, com aberturas amplas para instrumentos acústicos. Gosta que eles sejam executados diretamente, nunca sampleados. Jamais trocaria uma gravação pelo absoluto prazer de incluir na melodia intervenções vivas de instrumentistas, pelos quais tem enorme respeito e carinhosa admiração.

A maior influência que exerci sobre sua música foi em uma viagem pelo sertão mineiro, quando a levei para andar pelo pasto em um carro de boi. O chiado das rodas de madeira a alcançou com o efeito de um choque. Atormentou-a por meses a fio, durante os quais revezava entre o teclado e a leitura repetida de trechos de *Noites do Sertão*, a mais sonora das estórias de Guimarães Rosa, que eu lhe emprestara durante a viagem. Ficava tentando entrar naquele universo sonoro, para ser capaz de reproduzi-lo: "o capim chiava viçoso", o "riachinho murmurim...", o "clique-clique de um ouriço no pomar...", o "nhambú, seu borborinho...", o "ururar do urú, o parar do ar, um tossir de rês, um fanhol de porteira...", "o vozêjo crocaz do socó...", o "groo só do macuco...", o canto dos ariris que "sibilam as sílabas; piam no voo...".

Quando, afinal, terminou, havia composto uma "Roseana", uma sinfonia sertaneja, caipira erudita, com os chios, pios, croquejos e ururuances do sertão do Rosa, misturados a acordes de violas e violões.

Talvez o Villa tenha experimentado algo como esse encanto febril com o canto dos pássaros da floresta amazônica.

Brincávamos que tínhamos na arte pelo menos uma coisa em comum: o teclado. Meu instrumento já foi a máquina de escrever. Hoje são computadores: um em casa, outro no escritório e o laptop que levo comigo, aonde vou, sempre que haja a mínima chance de poder escrever. Guardo, ainda, mas nunca uso, a Smith Corona de meu pai. (Está lá, sempre pronta, como se ele pudesse chegar, de repente, e recomeçar a datilografar uma crônica há muito inacabada.) Eu costumava dizer que ela compõe para teclados e Macs, enquanto eu confio meus textos aos PCs. Mais uma de nossas diferenças.

Meu teclado é incapaz de manter uma palavra preciosa em suspensão, como uma nota musical, que se alonga em declínio suave até o silêncio. Ou como o próprio silêncio musical, pausa pautada, com tempo próprio. As palavras caem muitas vezes com estardalhaço, não raro para o abandono. Pode-se mantê-las internamente, revirá-las no cérebro, repeti-las em voz alta, para saborear sua sonoridade. Uma vez transcritas, elas se estabelecem, definitivas, ou caem, desnecessárias. Avaros, não é raro querermos mantê-las. Não podemos evitar que escorreguem, manchando o texto, como lágrimas sem sentido, excessivas. Necessárias ou excedentes, são sempre sonoras: umas sussurram, outras gritam. Não existe, porém, a palavra-silêncio, a palavra-sem-som, a palavra-muda, a palavra-vazio, a palavra-nada.

Minha música, se existe, é distinta. É textual, está ligada à razão. É intencional, moral, irredutível. A palavra é o elo mínimo da razão, da virtude dominadora, que disseca a emoção. Bisturi afiadíssimo querendo retalhar contradições, expor seus elementos originais. Quando lhe falei assim, de minha escrita, ela reagiu citando Schopenhauer, que lhe ensinara a refletir sobre a música além de compô-la. A música, disse-me, é a linguagem do sentimento e da paixão e as palavras são a linguagem da razão.

A escrita tem a lógica do múltiplo. É juíza implacável das aparências. Esquiva. Tem significado vário. Acerta-se no contexto, na escolha deliberada, no encadeamento voluntário, na sequência armada. E, assim mesmo, revelado o texto, já não pertence ao autor, perde-se na leitura plural, discricionária, na interpretação. Torna-se vítima, objeto, matéria de outras razões. É uma busca, talvez sem solução.

Claro, existem textos musicais. Como existe sucesso nessa luta pela ideia. Os versos transcendentes de Caetano Veloso em "Cajuína" são música pura. Nietzsche é poético e musical quase todo o tempo. Guimarães tem trechos totalmente sonoros, com a musicalidade do sertão. Descreve a noite no sertão pelos seus sons e sussurros, pela sonoridade secreta no breu do brejo, no meio da mata, ao léu, ao luar. Adorno via nos textos de Hegel uma qualidade musical. Haroldo de Campos, seguindo esta pista, transformou em poemas significativos densos trechos do filósofo. Só, então, entendi. Seus pensamentos eram como notas em uma partitura musical, dizia Adorno acerca de Hegel. Para ele, Hegel pedia um ouvido especulativo, uma audição multidimensional, para a frente e para trás, ao mesmo tempo. Música dialética: Beethoven. Para chegar aí, é preciso ter a dimensão de Hegel, parte de uma linhagem minúscula de gigantes da ideia. Poucos e transcendentes. Não somos, não sou, desta nação.

Vera frui a música. Ouvindo-a, reconcilia-se com o mundo, relaxando a tensão entre a expectativa e os eventos. Compondo, se entrega, de corpo e alma, num abraço sincero com o universo. Compõe com facilidade, deixando a sonoridade fluir de sua alma, sem obstáculos, regulada por algum elemento imperceptível de razão, que se transforma em ritmo, movimento, ondulação. Entre uma composição e outra, pode passar por momentos de bloqueio e dúvida. Nunca quando o fluxo se inicia. Sua música nasce sentimental, mas é burilada pela razão, é intencional, não puramente impulsiva. Uma inquietante combinação entre emoção e razão, impulso e deliberação, capricho e controle.

Um dia me contou que nunca pensara realmente sobre o significado da música ou mesmo de suas composições, até ler Schopenhauer. Não era intuitiva, mas tampouco era programática, muito menos didática. Compunha com consciência e com sentimento, mas não para cumprir uma missão predeterminada ou realizar uma função definida.

Lendo Schopenhauer descobriu-se, como compositora, quando ele fala sobre o profundo significado da música vinculado à mais íntima natureza do mundo e de nosso ser. Identificou-se com a sua teoria da música, sobre a relação representativa dela com o mundo, que deve ser muito profunda, absolutamente verdadeira e precisa, porque ela é instantaneamente compreendida por todos e tem a aparência da infalibilidade. A música, ele disse, é intencional do princípio ao fim, é a cópia da própria vontade. As melodias seriam, como os conceitos gerais, abstrações do real.

Manejo as palavras com perplexa ansiedade. É diálogo tenso com a dúvida, com a indignação moral, com essa irmandade anônima e aguerrida. Ato de amor reticente e reservado. Sem abraços calorosos. Escrever me aproxima do concreto e do cotidiano e pode me lançar, também, no puro delírio. Projeta-me no espaço das hierarquias injustificáveis, do ocaso da ética, da metamorfose da utopia em engenharia, da transmutação dos valores em interesses, das paixões incompreendidas, do silêncio torturante. A palavra é evocativa da servidão, mas confere a mais absoluta liberdade.

Heidegger dizia, com razão, que no discurso poético a comunicação das possibilidades existenciais, de seu estado de espírito, pode se tornar um objetivo em si, e isso é o mesmo que revelar a existência. Nunca porém uma revelação unilateral, intimista: ouvir é parte constitutiva do discurso, alertava. O discurso só é possível se estamos abertos a ouvir os outros, ouvir o mundo, e só dessa forma podemos compreendê-lo, e só quando o compreendemos entendemos inteiramente a nós mesmos. Aí o diálogo é possível. O discurso só existe como diálogo. Ainda que realizado como algo confessional, na primeira pessoa, ele só se realiza como diálogo, só existe em interação com o outro. Mesmo que o outro seja anônimo, virtual ou futuro. Quem escreve tem que saber ouvir. Creio que, da mesma forma, quem compõe tem que saber escutar.

A nova casa ficou logo povoada por nossas manias e afazeres. Passamos vários meses arrumando, desarrumando, trocando. Cada decisão requeria elaborado estudo: onde dependurar os quadros? Onde ficariam as esculturas orientais? Cada móvel percorreu todas as possibilidades, até encontrar seu lugar. Fizemos dos detalhes um ritual de apropriação. Acertando a casa, terminamos de nos acertar. As peças encontraram, afinal, o seu lugar, num movimento autônomo, aleatório.

Tínhamos os olhos no horizonte, estávamos prontos para caminhar. Mais algum tempo e viriam as viagens. Queríamos repartir o mundo que, até aqui, palmilháramos separadamente. Combinar a vista. Olhar lá fora, vendo bem por dentro.

CAPÍTULO 4

Portal das almas

"Morte, ponto final da última cena,
Forma difusa da matéria imbele,
Minha filosofia te repele,
Meu raciocínio enorme te condena!"

AUGUSTO DOS ANJOS

Entramos, por acaso, por uma viela estreita, que terminava em um beco. No último ângulo, avistava-se uma casa abandonada, quase em ruínas. Um muro antigo de pedras, cheio de musgo, contornava todo o terreno. Do lado de dentro, um matagal espesso, do qual brotavam flores de cores fortes. Um cão negro passou por nós, fazendo Vera hesitar por um breve instante. Rodeamos a casa, procurando recompor mentalmente sua antiga forma. Súbito, uma porta se abriu com força, como que empurrada de dentro. Vera retesou-se toda. Percebi o calafrio que a arrepiava. Apertou minha mão, a palma molhada de suor.

— Esta cidade me faz acreditar em fantasmas...

"Fantasmas só existem em nós, não em velhos casa-rões", pensei, sem muita convicção. Jamais consegui deixar de ver a casa de minha infância como mal-assombrada.

— É até possível que tenhamos trazido alguns dos nossos para cá. Mas são nossos, não abririam aquela porta.

— Ai, Lucas... Esse abandono, essa chuva fina, esse tempo... Existe uma nuvem de passado cobrindo a cidade... Fantasmas podem ser liberados num clima desses.

— De carne e osso?

— Ora, Lucas!

Foco nos olhos de Vera. Eles piscam assustados. Corta. A porta da casa abandonada entreaberta. Zoom na porta. Pela fresta se veem, na penumbra, os escombros internos. Corta. Os olhos de Vera, muito abertos, sem piscar. Corta. Zoom na janela da casa. Ela também se abre. Corta. Os olhos de Vera estão fechados. Escurece a cena.

Às vezes vemos aquilo em que acreditamos. Nossa capacidade para fantasiar é enorme. O que a imaginação pode materializar... E não apenas a crença individual, desvario pessoal. A sugestão pode ser grupal. Por algum insondável processo, em determinadas situações, pode-se criar uma cadeia de crenças, uma fantasia coletiva. No cadinho das emoções inconscientes vai se formando uma densa mescla de eventos aparentemente dissociados entre si, reunidos em uma só argamassa. Passamos a protagonistas solidários de um mesmo drama, ou coautores involuntários da mesma ficção ou, quem sabe, vítimas atordoadas do mesmo pesadelo.

Férias de 1961. Já morávamos na casa nova, havíamos deixado há algum tempo aquela outra que amargurou minha primeira infância com medo e dor. A nova era uma casa fresca, sem passado, construída para atender a todos os caprichos de minha mãe. Meu pai só fizera questão de um escritório, onde pudesse ficar com sua Smith Corona e seus conflitos. Minha mãe havia pensado em todos os detalhes, em todos os confortos. Meu quarto era amplo, arejado e claro. No fundo do corredor, uma larga janela dava para um dos jardins. Num canto, havia uma escrivaninha, com estantes acopladas. Talvez tenha sido o pedacinho daquela casa onde mais fiquei. Gostava da casa, principalmente de seu frescor, do cheiro de novo, das cores, dos cortes retos. Nunca deixei de esperar ansiosamente o momento de sair para as férias na fazenda. Sonhava com o momento de partir. Meu coração acelerava toda vez que me lembrava do casarão de vovô, da Buriti do Brejal. Ah, a Buriti do Brejal...

Viajávamos de trem, cortejando o sertão. Ficávamos no casarão de meus avós, construção grande, agradável, poderosa. Não chegava a ser senhorial. Tinha o seu comedimento. Era grande e contido. Forte e hospitaleiro. Referencial e discreto. Eu e meus primos andávamos de patins na enorme varanda que rodeava o pátio interno. Furtávamos guloseimas da cristaleira alta, onde minha avó mantinha doces, biscoitos e bolos sempre frescos. Ela ficava entre a sala de jantar e a cozinha, num espaço ladrilhado, com saída para a varanda, à direita. Pelo oposto, dava para um pequeno corredor, que levava à cozinha. A meio caminho, à esquerda, ficava o quarto de

Raimunda, falava-se "Remunda", a porta permanentemente aberta.

Ela era uma velha empregada de vovó. Neta de escravos, nascida na fazenda, trabalhou para a família toda a vida. Já muito velhinha, foi alforriada do pesado e ficava o dia todo em seu quarto, sentada ao pé da cama. Não acendia a luz. Toda a iluminação vinha de pequena janela, no alto da parede. Vivia na penumbra. Quando escurecia totalmente, ia dormir. Um vulto imóvel, assim me lembro dela.

Sempre que chegava para as férias, minha avó me levava para cumprimentá-la. Íamos até a porta, ela chamava:

— Olha, Remunda, quem veio visitar você, o Lucas.

O vulto movia-se um pouco, nada dizia.

— Diz bom dia, Lucas. Você lembra dela? Ela o viu nascer.

Balbuciava algo, com um sorriso bobo, sem graça, e procurava sair dali o mais depressa possível. A meu olhar de criança, Remunda parecia uma sombra de outro mundo. Era um resíduo involuntário de outra época. Não mantinha relação com o presente. Esperava pacientemente a morte.

Muitos anos mais tarde, já adulto, em visita à serra, vi minha avó materna, sozinha, ao sol, sentada em uma cadeira de balanço, no jardim. Fora do mundo, parecia olhar para muito além dele. Recordei Raimunda. Sobreviventes: uma, recolhida à sua alcova escura, colada à cozinha onde servira; a outra, olhando sem ver a cidade da qual fora respeitada cortesã. Ambas atrasadas no bordado da vida.

Naquele verão de 1961, assim que cheguei, me disseram que Remunda havia morrido. Pela primeira vez, quis ver seu quarto. Curiosidade mórbida. A morte era mistério inescrutável. Atraía e amedrontava. Tão logo me livrei das obrigações familiares, quando era exibido, observado, puxado, empurrado, medido, beijado, acariciado e interrogado, chamei minha prima, Antonieta, a Nieta, para visitarmos o quarto da criada morta. Primeiro, fizemos uma incursão pelas prateleiras da cristaleira. Não conseguíamos resistir às iscas que nossa avó dispunha, para nos aprisionar em sua doce armadilha de afeto. Amava à sua maneira, austera e distante. Não me lembro de uma só vez que me tenha beijado. Trocava os beijos por bons-bocados e delicadezas de araruta.

Ainda lambendo os dedos edulcorados, aproximamo-nos do quarto, com cautela. Era tão grande o medo que não conseguimos entrar. Ficamos na soleira, perscrutando a penumbra, buscando não sabíamos o quê. Coração apertado, respiração difícil. Víamos só o catre. Vez ou outra, ao movermos o olhar um pouco mais rápido, o terror nos fazia entrever o espectro de Remunda. Nunca era nítido. Ficava sempre um fio de dúvida.

Voltamos lá muitas vezes. Quase diariamente. Ou noturnamente, pois só o fazíamos após o jantar. Nunca entrávamos. Parados no corredor, alimentávamos nossas fantasias de sombras. A dúvida foi se dissipando: o fantasma de Remunda habitava aquele cômodo obscuro. Não que tenha ficado mais visível. Continuava como impressão difusa, mas já penetrara fundo em nossas almas.

Segredávamos a descoberta, enquanto testemunhávamos, com prazer, a ignorância dos adultos. Era nosso brinquedo, nosso risco, nossa invenção. Ainda nos divertíamos com outras expedições pelo casarão: ao consultório, que ficava ao final do longo corredor, na ala norte; ao porão de guardados, onde havia um baú de relíquias, entre elas a espada de nosso avô. Era, contudo, aquele quartinho sem luz e sem vida que nos fascinava e atraía.

Minha mãe passava todo o dia no jardim, perto da fonte, pintando detalhes em cor. Casas da serra, recortadas a seu prazer. Nunca fachadas, vistas de interiores, recortes do interno. Pintura intimista. Perspectivas.

Nunca se habituou inteiramente ao sertão. Apaixonara-se pelo lado urbano, escritor, de meu pai, para logo se dar conta, porém, de que havia outro lado, oposto, o sertanejo, fazendeiro. Os dois viviam nele em insuperável tensão.

Para ela essas duas faces representavam permanente oposição. A uma delas, entendia e amava. À outra, aceitava, sem compreender inteiramente, como condição para tê-lo a seu lado.

Acho que o deles foi um amor tenso, difícil, embora com muitas gratificações e afinidades, sobretudo na arte. Enquanto ele ficava na Buriti do Brejal, ela pintava, nos jardins do casarão. Alheava-se, não sabia participar daquelas jornadas rústicas. Era uma presença calma e silenciosa.

O ato de pintar pode ser muito silencioso. Os quadros, certamente, podem se encher de sons e falas. Pintava em silêncio e, não raro, seus quadros eram, também, silenciosos. Telas solitárias, quase reflexo de seu olhar para nós, uma reflexão calada. Mal se davam a ver.

Em muitas dessas ocasiões, quando estávamos no casarão, participava de tudo com um olhar ora divertido, ora carinhoso, ora questionador. Falava pouco, com muita suavidade, e deixava as intensidades para o olhar.

Meu pai quase não saía da fazenda, acompanhando meu avô. Ocasionalmente vinham dormir em casa. Era quando me contava casos, após o jantar. Contos que ouvia ou criava. Parecidos com os que eu escutava na fazenda, quando passava as noites lá.

Uma vez, apareceram para jantar e pernoitar. Eu e papai fomos caminhar pelo jardim, cheio de alamedas de folhagem densa. Noite de lua. Eu escutava a fala de todos os animais e insetos. Ouvia os sussurros da noite. Ele fumava seu havana, alheio àquela falação noturna, que me arrebatava, prendia e atiçava. Falou-me de um peão que enlouquecera. Dizia ter sido forçado a cavalgar por todo o pasto, em disparada, até derrubar o cavalo de exaustão.

— Quem obrigou?

Estava de vigília quando uma mulher muito branca, de roupa negra, montou na garupa de seu cavalo e o fez disparar. Com uma das mãos, gelada, fortemente agarrada em seu braço, impedia-o de saltar do animal. A outra, pousada na traseira do animal, o enlouquecia e fazia disparar, descontrolado, pelo pasto. Galopou, tresloucado, por horas a fio, até que o animal tombou, exaurido. A mulher, segundo ele, ficou parada, olhando para lugar algum. Ele se levantou e correu, sem parar, até chegar, completamente transtornado, à sede da fazenda. Acreditava que era a mulher de uma fazenda próxima, cujo marido havia desaparecido na enchente, há muitos anos.

Ela morreu de paixão e continuava, nas noites de lua, a procurá-lo pelos campos.

— Crendices — disse-me papai. — Delírio de peão solitário.

Quando entramos, corri a contar tudo a Nieta, carregando nas tintas, acrescentando detalhes aterradores. Ficou chocada, quando lhe disse que quem passa à noite pelas margens da enchente pode ver, ao longe, o braço estendido do marido morto. Ninguém jamais conseguiu se aproximar dele ou achar seu corpo. Atordoados pelo clima da narrativa, acreditando em nossa invencionice, predispostos ao desconhecido e ao terror, fomos ao quarto de Remunda, buscar o susto...

E encontramos. Lá estava ela, nítida como nunca, sentada ao pé da cama. Meu coração disparou. Uma garra de ferro apertou-me o peito, negando-me o ar. Gelei. Nieta segurou meu braço, muda. Paralisados, nossos olhares não desgrudavam do fantasma que, de vez em quando, movia-se quase imperceptivelmente. Com muito esforço pude, afinal, balbuciar roucamente:

— ... é... só... a... sombra... do... mamoeiro...

— É Remunda — respondeu Nieta, com um suspiro vagaroso.

O horror acabou nos fazendo correr desabalados. Juntamo-nos aos adultos, pálidos, arfantes, amedrontados. Calados. Não ousamos contar nossa desventura. O tempo correu viscoso. Súbito, um grito agudo. Era tia Arlete. Confusão. Senti o corpo perder a consistência, desmanchei em calafrios. Sabia que ela também havia visto Remunda. Somente morcegos e aparições a fariam gritar daquele modo. A confirmação de nossa visão por um adulto nos horrorizou ainda mais. Mistura compacta se formava em meu íntimo: terror, aflição, desespero e... culpa! Como se eu mesmo houvesse implantado, naquela cela escura, ao pé do catre miúdo, o espírito da velha empregada. Eu, criador de fantasmas, instilando o veneno doloroso do medo nas veias de meus entes queridos!

Cessado o alvoroço causado pelo berro de tia Arlete, ela explicou: vira Remunda, sentada ao pé da cama, como sempre. Meu avô mal pôde conter sua fúria diante da idiotice da filha. Forçou-a a retornar ao quarto, para mostrar-lhe que tudo não passava de alucinação feminina. Sua autoridade ficou um pouco arranhada quando não conseguiu acender as luzes. Fez providenciarem um lampião e arrastou minha tia até a beira da cama.

"Eles não aparecem na claridade", pensei.

Constatar que Remunda se fora, antes que meu avô irrompesse em seu quarto, ajudou-me a dominar momentaneamente minhas apreensões. Temia por ele, sobretudo. Vulnerável em sua raiva daquilo em que não acreditava. Um fino fio de suor escorria por minhas costas.

Foi geral o alívio ao anúncio de que nada havia por lá. Entre os adultos, claro, que logo foram dormir. Eu e Nieta vigiamos até a alvorada. "Eles andam", foi meu último pensamento, antes de ceder ao sono, exausto.

Desde aquela noite, todos, de passada, cometiam um olhar de soslaio, buscando confirmar o que já sabiam. Ela estava de volta. Ninguém ousava dizê-lo, com receio de aborrecer meu avô, cuja severa presença dominava toda a casa, mesmo quando ausente. Uma vez ou outra, surpreendia as mulheres murmurando o indizível. Um clima de cuidados instalou-se no casarão. As empregadas, sempre alertas, evitavam o percurso malfadado. Preferiam dar ao corpo principal da casa pela porta da varanda, atravessando o jardim. Não restavam dúvidas. Coisa sabida, reconhecida.

Minha avó, finalmente, reuniu forças para enfrentar o marido. Disse-lhe que já havia visto Remunda inúmeras vezes. Não importava se era verdade ou alucinação. Era o que era. Mandara rezar missas. Chamara o padre para benzer o local. Determinara banho de sal grosso, aspergido com ramos de arruda. Tudo em vão. Olhando-o firme nos olhos, sentenciou:

— Não vejo escolha. É preciso emparedar o quarto.

Meu avô quase sufocou de raiva. Aos gritos, proibiu-a de voltar a falar no assunto. Ponto final: não cederia a extravagâncias de mulheres impressionáveis. Eu mesmo achei a ideia algo tola. Almas atravessam paredes.

Ela conhecia os caminhos que levavam à vontade dele. Mais alguns dias e ele era, novamente, prisioneiro de seus caprichos. Dengo irresistível, que fazia aquele homem severo, vontade inflexível e obsessiva austeridade, capitular a seus menores desejos. Só um deles ele jamais cumpriria. Manteria a recusa até a morte. Naquele caso, cedeu, como em todos os outros, passados e futuros. Chamou os pedreiros para entijolar a porta e azulejar o corredor. Para mim, a assombração nunca esteve tão presente. Longe da vista, dentro do coração.

Já adulto, ao cruzar aquela trilha de azulejos, ainda sentia um calafrio, como se Remunda soprasse em minha nuca. Uma ou outra vez, não podia suprimir a impressão de que fora eu a causa de seu retorno, ao buscar, insistente, naquele quarto, o desconhecido do qual se nutria minha ansiedade. Sentia-me culpado por haver perturbado seu sono e trazido desconforto aos meus.

Custou muito para que desfizesse esta trama auto-concebida e ficasse cara a cara com as emoções reais, que me faziam ver coisas. Desvendar através dos anos a cadeia de máscaras arcanas que iludiam a identidade insubmissa, na busca febril da consciência. Passo a passo. Tropeço a tropeço. Desvio a desvio. Soube, talvez, manter o rumo. As marcas da passagem são, hoje, marcos que evitam o retorno ao centro do labirinto.

CAPÍTULO 5

A hora dos fantasmas

*"O Universo desta noite tem a vastidão
do olvido e a precisão da febre."*

JORGE LUIS BORGES

— Por que tantas estórias suas falam de medo? A sensação que eu tenho é que você fala menos da alegria, da felicidade, do que do medo...

— É verdade. A felicidade é mais simples que o medo. Ela está quase sempre ligada a coisas, fatos, pessoas, experiências, sensações, até sentimentos. Suas causas são identificáveis, íntegras. A felicidade é palpável. O medo, não.

— Se eu pergunto a uma pessoa por que ela está feliz, a resposta é imediata. Sabe-se a causa da felicidade. O medo não, ele é menos tangível, mais misterioso, suas raízes são obscuras. O medo nasce das contradições não resolvidas, das sínteses suspensas ou malformadas. As causas da infelicidade também são muito mais complexas.

O medo vem do inconcluso, do não sabido, da confusão, da ignorância, da fuga. O ato de fugir, por exemplo, para mim, é a mais pura expressão dessa causalidade difusa do medo. Eu fujo porque tenho medo, ao fugir tenho mais medo. O medo começa como causa da fuga, daí a fuga se transforma na causa do medo. Se, em plena corrida, o fugitivo para e encara o que lhe estava causando medo, ele se enche de coragem e raiva, ele enfrenta a ameaça, ainda que morra por isso. Quantas vezes já vi isso acontecer.

Havia na Buriti do Brejal um garoto, Tinho, filho do peão Tonho, que era menor e mais franzino que os outros garotos. Os colegas o viviam maltratando. Batiam nele, faziam brincadeiras que o humilhavam. E ele vivia amedrontado. Havia um moleque no grupo a quem ele temia mais que a todos os outros. Era o mais forte, o mais sabido, o mais capaz de fazer com perfeição as acrobacias típicas da infância no campo. Quando o Carlinhos aparecia, o Tinho — era o apelido dele, nunca soube o seu nome — fugia ressabiado.

Um dia, o Carlinhos se aborreceu com ele por alguma razão e lhe deu uma forte bofetada no rosto. O Tinho se pôs a correr, chorando, o outro em sua perseguição e o resto zoando, zombando dele. De repente, o Tinho parou a corrida, voltou-se para o agressor, o rosto desfigurado pela raiva e manchado pelas lágrimas. O Carlinhos teve um susto e parou. O Tinho, então, partiu para cima dele e lhe deu uma surra daquelas. Nunca mais o trataram com desprezo. Ele e o Carlinhos acabaram amigos.

— O medo físico é mais fácil de enfrentar. Difícil é o medo do desconhecido, de coisas que você não consegue identificar — Vera ponderou.

— Pois é... Mas eles são todos da mesma família. O terror físico, a partir de um determinado ponto, leva a pessoa para o terreno das suas contradições mais íntimas também. E, no limite, ele tem uma solução que é a própria morte. Enfim, o medo é mais insondável e exerce uma atração quase doentia. Os sentimentos bons são mais fluentes e mais apreensíveis.

— Na música, a alegria e a felicidade têm expressão muito diferente da que se dá ao medo. Claro, existe o lugar-comum musical para ele, que se ouve em quase todo filme de terror, com a predominância dos naipes mais graves, um certo tipo de percussão. O medo, por ser mais misterioso, talvez, como você diz, mais denso, permite um tratamento melódico com menor risco de cair na pieguice, na superficialidade. Já a alegria ou a felicidade, como são mais táteis, as sentimos mais na superfície, podem levar a melodia perigosamente para uma trilha fácil demais, saltitante demais. É muito difícil dar densidade melódica à felicidade.

— Acho que essa diferença é universal na arte. É tão difícil escapar da pieguice, por exemplo, quando se vai dar um final feliz a um filme ou a um romance. E dependendo de como se faz, o final feliz como que interrompe a relação entre a estória e o leitor ou espectador. Já o final difícil, mais amargurado, mantém a audiência cativa dele. A pessoa fica lembrando a estória e até desejando o happy ending que não houve.

Levantei-me animado:

— Aquele final dramático de *Casablanca* não sai da memória dos que viram o filme. Há sempre aquela pena de que o Rick e a Ilsa não tenham ficado juntos. Ao mesmo tempo, aquele ato final é que dá envergadura ao caráter de Rick, cria uma contradição atraente em sua personalidade, reforça o seu carisma e o seu mistério. O desfecho parcialmente favorável ao próprio Rick, salvo das mãos da Gestapo pelo oficial francês, permite que se aceite como algo suportável o adesismo e a suprema hipocrisia de Louis Renault, o policial francês. E faz de sua frase final uma síntese do oportunismo burocrático: "recolha os suspeitos habituais." Cena final repleta de prolongamentos que a tornam interminável na imaginação da plateia.

Passava do meio-dia, já podíamos voltar ao hotel. Caminhamos silenciosos. A lembrança, às vezes, anuvia o sentimento do presente. Eu mal percebia por onde seguíamos. Trazia, ainda, na boca da memória, o gosto do poeirão sertanejo. Meu coração não batia ao compasso de agora, comandava-o o ritmo apressado e angustiado dos momentos passados. Aos poucos, esse vulto multiforme se esvaiu. Fumaça dos tempos. Restou a circunstância mais concreta. Aqui, sem mais.

Sentimos fome. Paramos em um restaurante, para almoçar. Na soleira da porta, Vera teve que desviar de um vira-lata de pelo acinzentado, não sem um arrepio de medo. Ela nunca se comporta normalmente diante de um cão. Sempre os evita e, ao vê-los, retesa-se toda, sua frio, anuncia seu medo, o que faz muitos deles se tornarem hostis. Vera frequentemente constrói armadilhas com o medo e se aprisiona nelas. Tem sempre achado uma saída. Quase todas dolorosas.

O prato do dia era um peixe ao forno, decorado com perfumes de ervas fortes com base no coentro, em contraponto com a manteiga caseira levemente salgada, o alho, o cheiro-verde, um toque de limão e lima. Deixamos correr a hora, entre garfadas, goles de cerveja gelada e palavra solta. O sol caminhava dengoso, amadurecendo a tarde.

Vera lembrava da professora de piano, tentando submetê-la a uma disciplina que ela, ainda menina, achava insuportável. Um dia, a professora disse a sua mãe que deviam desistir, Vera não tinha talento para música. Elisa, sim, devia continuar. A irmã tocava direitinho o que a professora mandava. Vera transgredia. Obviamente, dona Teresa não suportava uma aluna que estava além de seu limitado talento, cujos impulsos criativos não entendia. Vera deixou as aulas, mas continuou tocando. E, cada vez mais, se afastava das partituras já escritas. Gostava de improvisar, brincar com o piano, seus sons, suas possibilidades. A ousadia que lhe faltava, às vezes, diante de um cão, sobrava na música.

Elisa jamais voltou a tocar piano, sequer socialmente, após deixar as aulas de dona Teresa. Fez o curso normal, depois a universidade. Estudou matemática, fez licenciatura e se tornou uma professora competente, precisa e exigente. Estudara piano com disciplina matemática e não, como Vera, com a intuição e a emoção. Elisa tinha a frieza do cálculo. Quando transgredia, era para subverter seu impulso calculista. Foi mais namoradeira na juventude do que a irmã. Era mais ousada, não parecia conhecer o medo. Sabia dirigir muito bem, sempre enamorada da velocidade. Costumava escapar com o carro do pai, nas tardes de maior folga, para se mostrar para os rapazes. Vera, sempre temerosa, vivia a alertá-la para os perigos dessas escapadas e para as reações dos pais. Elisa desdenhava.

Ela desfrutava os prazeres da vida, embora não mostrasse aquela alegria expansiva típica dos boêmios ou dos irresponsáveis. Parecia sorver a vida em busca de algo que pudesse preencher uma parte fundamental de seu ser, que luz alguma alcançava. Os amigos gostavam de sua companhia, ainda que estranhassem aquela personalidade estranhamente dividida, pronta para a festa e o prazer e sempre carregando uma sombra íntima, que lhe provocava surtos de silêncios graves e incompreensíveis. Ficava entre esse ponto morto e o gosto pela aventura, pela vertigem do abismo, por levar a vida no fio da navalha.

Vera precisou encontrar um professor com espírito de revolta com as formas convencionais e compreensão dos caminhos inusitados da inspiração para que voltasse a estudar e, finalmente, adicionar a técnica ao talento. Nunca foi capaz de terminar cursos formais. A mãe dizia que, sem estudo, ficaria desprotegida. Se precisasse de um emprego decente, não conseguiria. E não devia contar com o dinheiro do pai:

— Dinheiro vai, dinheiro vem. Vai sempre mais que vem... É preciso investir em coisas permanentes, minha filha.

Não passava por sua cabeça que talento e criatividade podem ser permanentes e, às vezes, suficientes para garantir uma vida confortável.

— E tem mais, mamãe, conservatório também não garante muito. A maioria acaba dando aula de música em grupo escolar, se tiver sorte.

Quando chegamos ao hotel, subimos, imediatamente, ao quarto. Era um amplo conjunto de três peças. Na entrada, uma pequena saleta, um aparador, mesa e quatro cadeiras. Adiante, um dormitório espaçoso, grande cama de casal, mesinhas de cabeceira, lâmpadas suaves em abajures discretos. Em frente à cama, uma bergère, estofada com estamparia floral, na qual se podia sentar confortavelmente para ler. A única janela, à direita, abria-se para a copa de um flamboyant. Por entre suas folhas miúdas podíamos ver a piscina e, ao longe, um recanto antigo, algumas casas, misturadas ao verde da folhagem, margeando a água. À esquerda, ficava o banheiro, também muito cômodo. De fora, vinha-nos o som de um alto-falante, pelo qual um pregador despejava falas e cânticos sobre a cidade modorrenta. Exibia fôlego notável, muita excitação moral e pouquíssima imaginação. É impressionante como proliferaram essas seitas evangélicas pelo interior do estado, coletando o dízimo, promovendo cultos que beiram a histeria, deslocando o catolicismo institucionalizado, formalista e vazio, constrangendo o protestantismo clássico. Era barulhento, uma invasão ruidosa.

Para amortecer esse alto-falante intrujão, ligamos o ar-condicionado. Deitamos. Nossos apetites eram mais consistentes do que a indolência instilada pela cerveja do almoço. Iniciamos lascivo diálogo de carícias, alongando as seduções. Explorando cada ponto do corpo, com minúcia, fizemos amor demorado. Enfim, deixamo-nos levar pela onda quente de prazer, naquele fim de tarde chuvoso.

Pecado é não querer.

Eu ando pelo velho casarão, cheio de recordações. Escuto os sons guardados pelo tempo. Na parede da sala, a espada reluz. Em cima da cristaleira francesa, um relógio carrilhão sonora:

Dom... Dom... Dom... Dim... Dem... Dom...

As vigas do teto são de pau-ferro, escuras, a sala, longa e larga, tem várias portas, cada uma leva a uma parte diferente do mesmo enigma.

Saio pela maior delas, de folhas duplas e venezianas, dou na varanda enorme, cercada por gradil verde de ferro forjado. Dali vejo o jardim. No centro, a fonte redonda, coberta de lodo. Escuto nitidamente o coaxar dos sapos, encantamento de criança. Naquele tempo, desconfiava que a casa não tinha fim.

Aqui nada é começo ou fim. Ou será começo, ou terá fim.

O carrilhão soa, ressoa. É a hora dos fantasmas. Eles passam por mim e sua conversa atormenta meus ouvidos. São muitos os que choram, sobretudo as mulheres.

O patriarca, sentado em sua poltrona, passa as horas pensando. A cabeça muito branca, as mãos longas, os olhos sem expressão. É a sua morada.

Continuo andando sem rumo, entrando e saindo de cômodos iguais. Não há razão para estar aqui, mas permaneço.

Afinal, encontro a saída. Começo a correr, atravesso a porta e estou no meio do campo seco, a terra vermelha. O sol ostentoso fere minha vista. Tenho nas mãos a espada. Vejo-o sentado em sua cadeira, no ermo. Ele me olha com olhos frios, duros. Sua voz pede:

— Minha espada, não a quebre.

A espada provoca-me. Na parede. Em minhas mãos. Ela pulsa, reluzente. É preciso quebrá-la. Para fazê-lo infeliz. Para que desapareça. E eu a quebro.

— Maldito!...

Pressinto o casarão desabar às minhas costas. Quando me viro, todas as paredes desmoronaram, os móveis estão destruídos. Ele, porém, continua sentado na poltrona, pensativo.

— NÃO!

Acordei em sobressalto, molhado de suor. Consumíramos todo o resto da tarde no que deveria ter sido um cochilo.

Saímos para um passeio noturno. A chuva havia parado, suspensa, por um momento, nas nuvens escuras, novelo sombreado, iluminado, por trás, pela lua. Tons de drama. Andamos até a praça da igreja e buscamos um canto seco, em um banco de pedra, para sentarmos. Ficamos observando a cidade desfilar seu noturno enredo interiorano. Nos bares, os forasteiros iniciavam a festa. Cantorias e bebedeira. Janelas abertas deixavam entrever cenas domésticas. Jantar, mesa posta... Um pouco depois, podíamos perceber, por toda parte, o reflexo azulado dos aparelhos de TV ligados na novela. Estranho vício brasileiro. Desde o rádio religiosamente sintonizado em *Jerônimo, o herói do sertão*, faz tanto tempo... Ou não?

As luzes amarelas dos lares devassados e os flashes nervosos de seus televisores repercutiam na pedra luzidia, enchendo a noite de brilhos e nuances. Não falamos. Vera respeitava meus silêncios. Quando as janelas começaram a se fechar para nossos olhos inocentes, Paraty despedia-se para dormir, a seresta aumentava o volume, enveredando pelos rumos chorosos das baladas, tangidas pela caninha e pela cerveja, levantamo-nos para retornar ao hotel.

Pátria fragmentária, desconexa, múltipla, juntamente tão concreta e tão abstrata. Estamos como Macunaíma, perdemos a referência. Estilhaçamo-nos. Passaremos muito tempo juntando os pedaços e, ao final, seremos, novamente, mosaico. Temer a diferença? Não: compreendê-la.

Troquei um último olhar de cumplicidade nostálgica com aquela praça, sob a luz estelar. Um relance, congelando cada objeto, pessoa, movimento. Uma pausa entre um e outro piscar das estrelas. Toda praça, assim surpreendida, sintetiza de algum modo a vida. A cantoria plangente intuía perdições. O céu, com a lua desvirginada, enamorada de astronautas, seduzia com a infinitude e ameaçava com a absoluta concreção das coisas. Pensei em Hemingway pensando diante da estátua de Ney — todas as gerações são perdidas por alguma coisa. Ou causa? Somos gerações perdidas. Fim de século. Bárbaros ilustrados do segundo milênio entrando no terceiro, descuidados, atrasados. Tudo bem, o século XX só começou em 1914, ou foi 1917? O que seria da vida se não nos perdêssemos por algo? Onde será a Sarajevo do século XXI? Qual será a sua revolução fundadora? Quantos anos levaremos ainda para entrar na nova era? O calendário parou de fazer sentido, pelo menos existencialmente. Em que ano estamos? Em que era? Aqui, Paraty é atemporal, um ponto luminoso na galáxia.

O que será da última década do longuíssimo século XX? Se tivéssemos todas as respostas... Como vencer a perplexidade, quando nos preparamos para fechar nosso milênio e nada vemos de novo no novo? Estamos em marcha triunfal desde o Renascimento. Deixamos as trevas, tornamo-nos iluminados. Experimentamos o holocausto. Produzimos, numa minúscula fração, poucas décadas, o maior avanço material da história deste planeta. De passagem, consumimos todos os valores, desacreditamos de todas as ideias. Depredamos o planeta, alteramos sua atmosfera. Vertigem. Turbilhão. Avançar sem jamais olhar para trás. No vértice, perdemos a ética. A náusea moral será nossa derradeira moléstia.

Ainda estamos na ilusão de que fin de siècle são aquelas peças com mais de cem anos, que colecionamos com maneirismo. Nós somos o fim do século, interéticos, interétnicos, entre um e outro piscar de estrelas.

E há quem imagine poder medir essa distância em centésimos de segundos. São anos-luz. Anos de luzes.

Virei-me, a retina ainda impressionada por aquele instantâneo da pracinha modesta, da cidadezinha esquecida, suspensa no brilho astral, umbilicalmente ligada ao movimento irrefreável em direção ao futuro da história.

Falei em voz alta os versos de Álvaro de Campos: "Nas praças vindouras — talvez as mesmas que as nossas —, Que elixires serão apregoados?" Queria que ele também visse comigo "as metafísicas perdidas nos cantos dos cafés de toda a parte".

O que somos e o que não somos. Em que tempo fomos ou não fomos. Esse tempo "está fluindo no meio da noite", intuiu Tennyson. Haroldo de Campos tinha razão, Hegel pode ser poesia pura. Como ao mostrar o paradoxo do presente:

ora se nos mostra o agora:
este agora.
a-g-o-r-a.
mas ele já o deixou de ser
quando nos é posto à mostra:
e vemos que o agora
está exatamente nisto:
enquanto ele é
de já não mais ser.
(...)
ele não tem a verdade do que está sendo.
mas é verdade isso
de ele ter sido.

O que é o presente?, perguntou Borges. É o momento que contém um pouco de passado e um pouco de futuro. O presente em si não existe, respondeu.

A câmera se afasta para o alto, até que a pracinha se torne um pequeno ponto de luz. Corta. Mostra o céu estrelado. Corta para o pontinho de luz embaixo, zoom em direção à pracinha novamente. Corta. Enquadra uma janela ainda aberta. Zoom no aparelho de televisão ainda ligado, sem imagens. Fade out.

A caminhada de volta foi breve. Em uma esquina, três ou quatro cães dividiam os restos do botim noturno. Vera não os percebeu.

A noite trocava as dúvidas por estrelas. Ao chegar, fomos direto para o quarto. Ficamos recostados na cama, bebericando bourbon. Ouvindo "Rhapsody in Blue": Gershwin, Manhattan e nostalgia. Acendi o cachimbo, enquanto rabiscava em meu caderno de notas. Vera, absorta, rebuscava talvez uma nova melodia. Depois, conversamos, pesquisando ouros na alma. Continuamos assim, distraídos...

Mais tarde ainda, passamos da conversa ao toque e fomos elaboradamente alegrando nossos corpos. Adormecemos quando a noite fraquejava.

Abro a esteira da escrivaninha, vejo a caneta Parker, de ouro, os óculos, a lupa, o canivete. Há muitos papéis cobertos com sua letra miúda e meticulosa. Memórias? Cartas, talvez. A quem escreveria o patriarca ensimesmado?

Na gaveta grande, do centro, mais papéis. Temo descobrir algo monstruoso, secreto, pervertido. A curiosidade é mais forte. Remexo os objetos na gaveta, ansioso. Retratos, fragmentos, retalhos, peças de conjuntos irreconstituíveis. Coleciona lembranças, fragmentos. Uma caixa de agulhas hipodérmicas, uma outra de anzóis. As agulhas parecem sinistros anzóis para as pessoas. Dardos daninhos.

Sinto medo. Fecho rapidamente a gaveta e abro a inferior. Por cima de alguns envelopes pardos, encontro o revólver, prateado, cabo de marfim, Smith & Wesson .38, e muitas balas. Pego a arma. Sinto-me forte e seguro. Boa empunhadura.

Deixo o consultório, sem olhar para a estante onde estão os vidros cheios de vísceras conservadas em formol.

Dom... Dom... Dom... Dim... Dem... Dom...

O carrilhão da sala de jantar. É a hora dos fantasmas. Das mulheres que choram. Da conversa aflita a machucar meus ouvidos.

Estou de pé no centro da sala. Tenho na mão o revólver faiscante. Retiro da parede a espada que reluz. Entro pela porta da esquerda e estou, de novo, no labirinto de cômodos. Ando em voltas. São muitas as portas. Nenhuma é saída ou entrada.

Continuo escutando as vozes. Falam todos ao mesmo tempo, muito, alto. Gritam. Viro à esquerda e retorno, sem surpresa, à sala.

É um velório. Há muitas pessoas de preto. Não consigo identificar o morto. Uma mulher chora, desconsolada, junto ao caixão. "Deve ser a viúva", penso. Todas as mulheres choram desconsoladas. "Serão todas a viúva?" Tento me aproximar. Um camponês, ajoelhado ao pé do caixão, também chora. Sinto o cheiro de cravos e de rosas. Uma mulher muito pálida, olhos fundos, olheiras marcadas, arroxeadas, se aproxima de mim, põe a mão muito fria em meu ombro, me faz curvar um pouco, encosta os lábios gelados em minha orelha, com lascívia, e sussurra:

— O senhor morto está triste.

— É uma charada — respondo. E rio às gargalhadas.

Todos se voltam para mim e me mandam calar a boca. O riso é incontrolável. Estão todos me olhando. Continuo rindo. A mulher se afasta.

Corro para fora da sala e entro pela porta que leva ao labirinto de quartos. Todos me olham com reprovação.

Vejo a saída.

Estou no campo. Um pasto arroxeado, enorme, sem fim. Capim-gordura. Vejo, ao longe, a cadeira dele, de costas. O sol faísca em seus cabelos brancos. Qual Medusa, uma cabeleira de serpentes de prata. Está sentado, pensando, como sempre. Começo a correr em direção à poltrona.

O sol muito forte fere minha vista. Todas as coisas emitem reflexos dourados, o capim, a cerca, as árvores retorcidas, o chifre da vaca distante. Menos sua cabeleira serpentina. Olha-me com dureza, em silêncio. Desafio. Ergo o revólver e o aponto em direção a seu peito:

— Maldito!

Descarrego a arma no Patriarca. Vejo as labaredas saindo do cano cromado, em câmera lenta, soltam faíscas enormes, vermelhas e douradas. O espesso serpentário argentino agita-se com os impactos. Ele se quebra como um espelho. O peito explode e as vísceras espalham-se pelo ar, em todas as direções. São as mesmas que guarda nos vidros com formol.

Corro, aterrorizado, em direção à cerca do pasto, afastando, com as armas, as reverberações do sol. É muito difícil alcançar a porteira. Tenho as pernas pesadas. O passo lento e esforçado. Avanço devagar. Demoro...

Quando chego, ele está lá. Olha-me mais friamente ainda. Há um sorriso de ironia quase imperceptível em seus lábios:

— Minha espada, deixe-a. Não a quebre.

Ele pede. Sinto raiva. A espada pulsa em minha mão. De um golpe, decepo sua cabeça.

A mulher de preto toma a cabeça ensanguentada nas mãos e diz sorrindo:

— O senhor morto está triste.

— Amo finado, amofinado! — grito.

— NÃO!

Acordei, outra vez, em susto e suor. Cinco horas da manhã. O sol ameaçava iludir as sombras já ligeiramente tingidas com as cores leves da alvorada. A cidade, porém, estava ainda em silêncio. Ao longe, uma sineta trincolejava vida.

— Que foi, Lucas?

— Pesadelo...

Contei-lhe. Ela enroscou-se em mim, felinamente. Beijou-me suavemente o pescoço.

— Vai passar, relaxa.

Uma tigresa protetora de olhos cor de mel.

Caetano deveria estar cantando:

"Uma tigresa de unhas negras e íris cor de mel
Uma mulher, uma beleza que me aconteceu
Esfregando a pele de ouro marrom do seu corpo contra o meu
Me falou que o mal é bom e o bem cruel."

Continuou os carinhos e fui, aos poucos, livrando-me do mal-estar deixado pelo sonho, enquanto vencia a manhã.

— Eu sonho muito com o casarão e o Patriarca. Passei momentos marcantes de minha vida nele. O sonho muda nos detalhes. São sempre as mesmas emoções e é o mesmo enredo. Tem beleza, violência e medo. Hoje eu decapitava o patriarca, no pasto, e a paisagem em torno era linda.

— Eu acho que a beleza, quando existe mesmo, anula o que é negativo. Eu não consigo ver beleza na violência...

— Quem é o Patriarca?

— Não sei.

— O que você sente por ele?

— Ódio... Medo... Curiosidade... Não sei...

— Você se aterroriza?

— Não, é mais uma inquietação. Tem beleza! É igual e diferente...

Levantou-se, caminhou até o aparador, as pernas nuas tinham veludoso brilho, no lusco-fusco da primeira manhã. Encheu um copo com água da moringa e voltou para meu lado, copo na mão. Acendi o cachimbo, a fumaça desenhava nuvens, enquanto continuávamos a puxar, com cuidado, o fio da conversa.

— Lucas, eu acho que nasci com medo. Sempre me esforço para me controlar... Ou para controlá-lo. Mas não consigo. E, às vezes, o medo tem cara, é um animal. Não sei que animal. Um lobo, uma pantera. Ora tem o tamanho de um cão, ora o de um cavalo. É um bicho. E, quando o vejo negro, lustroso, lindíssimo, e sinto que vai arremeter contra mim, é tão grande meu pânico... Quase sufocada de terror, então, eu penso: "mas ele é lindo, nunca seria capaz de me fazer mal." E ele se vai...

CAPÍTULO 6

Um silêncio de morte

"Mas no instante mesmo em que o gole, misturado aos pedaços do bolo, tocou meu paladar, eu vibrei, atento ao que se passava de extraordinário em mim (...) (V)olto-me para meu espírito. É a ele que compete achar a verdade. Grave incerteza, todas as vezes que o espírito se sente ultrapassado por ele mesmo; quando ele, o explorador, é ao mesmo tempo o país obscuro a explorar e onde toda sua bagagem de nada lhe servirá. Explorar? Não só: criar."

MARCEL PROUST

Levantamos tarde e mais leves. Fora uma noite difícil, cujo peso terminou diluído em carícias, bourbon e sexo. Descemos para o café da manhã, servido em um amplo caramanchão no pátio interno. Demoramos numa conversa solta, trocando fiapos de memória, contando casos. Numa diagonal do tempo, o olhar dela se perdeu em uma nuvem enovelada. Distanciou-se.

A câmera se afasta, para cima, abrindo o plano, continua a subir e a abrir, até que eles se tornem um pequeno ponto. Corta. Os olhos de Vera, fixos e vagos, não piscam.

O que a estaria levando daqui? Para onde? Não parecia haver madeleines à mesa.

Se houvesse broas de fubá bem-feitas, eu mesmo seria transportado a uma daquelas tardes da infância mineira. Broa e café ralo, conversa de mulheres na cozinha. Não desgostava. Era prosa demorada, cheia de novidades. Aparando farelos com a mão gulosa, olhos estudadamente distraídos para não traírem a curiosidade, ouvidos atentos, ia colecionando indagações sobre a vida.

A conversa me fazia crescer sorrateiramente. Junto às mulheres, ou no pasto, entre homens e cavalos. Mundo estranhamente dividido. Os homens se esforçavam tanto para endurecer que só restavam calosidades. O sentimento sufocava e acabava sempre rompendo de supetão, em choques de violência ou dor, desespero ou loucura. As mulheres pareciam ter vergonha da beleza. Na juventude, exibiam exuberantemente a lindeza maldisfarçada em panos. Casadas, apuravam no disfarce. Amadureciam de pronto, inibiam aquela força selvagem que as fazia desejáveis, míticas. Escondiam as pernas bem-torneadas pelas longas caminhadas sertão afora, pelo agachar nas margens do rio. Cobriam o colo generoso e os seios fartos. Desmanchavam o traço caprichoso da natureza nos lábios cheios, nos olhos vivos, nas cabeleiras revoltas. Num repente, tornavam-se desinteressantes. Apagavam-se. Vigilantes, mantinham imóvel o lúbrico animal que persistia agarrado a seus corpos. Só as loucamente corajosas ou as totalmente despudoradas ousavam permanecer ostensivamente belas. As demais, enquanto engordavam, se desfaziam, se negavam.

Na fala dos homens havia sempre cavalo, mulher e fantasma. Chegava uma hora em que se era forçado a segurar a pata sinistra e viscosa do medo e arrancá-la com determinação da própria garganta oprimida. Não havia escolha: ou se vencia o monstro ou sua garra, fria e sufocante, permanecia para sempre apertada à garganta. Quem perdia, desandava, amolecia. Ganhar era endurecer, ficar forte, crescer, tornar-se o objeto do desejo das mulheres. Libido e insegurança.

Para as mulheres sempre chegava a vez do homem. Trocavam estórias de amor e sedução. O homem traía, a mulher sofria. Em hora de apuramento, aparecia o macho: duro, seguro, autoritário e forte. Intervinha para resolver problemas, apontar o rumo certo. Cacete e espada, chicote e bridão. Será?

Os homens dessa terra têm o monopólio dos símbolos. E eles são tão eloquentes. O chicote, a faca, a pistola. Uma vez, fui até à selaria para buscar uma tala. Queria montar e o único animal disponível era um velho cavalo baio, moleirão, que precisava sempre de uma talada para se pôr em marcha. Encontrei Chicão, o tratador dos cavalos. Era pequeno, leve, franzino. Parecia um daqueles jóqueis de grande prêmio. Quando me viu pegar o chicote feito com pênis de boi, advertiu:

— Cuidado com ele. É mau.

— Como é isso, Chicão?

— Este é um chicote mau. Se o senhor der com ele em alguém com força, aonde ele pegar, a carne morre. Não conserta nunca mais.

— É mesmo? Tem esse poder?

— O senhor nem duvide. É coisa das certa.

A primeira vez que vi a morte, ela tinha forma de um peão muito pálido, que entrou cambaleante no consultório de meu avô. Eu estava lá por acaso. Entre uma consulta e outra, ele às vezes me chamava para conversar. O peão entrou, o rosto da cor do lençol que cobria a cama em frente à mesa. Parecia querer dizer algo, os olhos arregalados, um filete de sangue escorrendo pelo canto da boca. De repente, caiu de bruços. Na sua camisa apareciam inúmeros pontinhos vermelhos. Meu avô o virou. Olhei seus olhos e eles estavam vazios. Mandou que eu saísse do consultório naquele tom que nunca admitiu desobediência.

Saí. Saímos. O peão enchia a retina de meus olhos. Suas costas pontilhadas de sangue. Seus olhos esvaziadamente arregalados. A frase silente transformada em uma baba sanguinolenta.

Foi o Niltim, um boiadeiro falador, quem me contou o começo da história daquele peão, de nome Gengém. Ele havia se enrabichado com a Maria do Nhô Bento, que era noiva prometida do Zeca Baiano. O noivo ficou sabendo e saiu atrás de Gengém, que era homem de paz, mas tinha um soco mais forte que coice de mula doida.

Tião Baiano era conhecido por usar uma peixeira fina e comprida, de cangaceiro mesmo, trazida com ele do sertão de Pernambuco. Antes que pudesse puxar a peixeira, Gengém, em desespero de causa, desferiu-lhe um soco-coice no queixo, deixando-o desacordado e com o maxilar deslocado.

Todos aconselharam Gengém a deixar a cidade por uns tempos, esquecer a Maria, para evitar a vingança de Zeca, o mais tinhoso da região. Gengém respondia que não era homem de correr.

Um dia, desavisado, o teve pelas costas, era ainda a manhãzinha e terminou suas contas com trinta e seis furos nas costas, todos de peixeira. Zeca Baiano fugiu sem Maria e sem ponto de parada. As estocadas fatais eram aqueles pontinhos de sangue que vi na camisa alva do peão.

— Quem morre de peixeira pelas costas não desencanta nunca — sentenciou Niltim, coçando o queixo, escurecido por uns fiapos de barba por fazer.

O passado irrompera, de novo, suspendendo o presente. Seremos todos, sempre, prisioneiros da lembrança? A biografia me parece, às vezes, armadilha sutil. Estamos recorrentemente prestes a nos desembaraçar, mas nunca nos livramos totalmente.

O que me afastara para aquela longínqua terra de homens e mulheres inacabados? Por que caminhos andava Vera, tão ausente?

Resolvi quebrar o feitiço que ainda a aprisionava nas malhas da memória. Passei a mão delicadamente por seu rosto velado. Senti as minúsculas gotas de suor que o cobriam. A agonia brotava úmida de sua face. Uma gota de dor, um fiozinho de amor, uma pontinha de esperança... Pode-se tatear os sentimentos, de vez em quando... Naqueles breves momentos em que se fazem carne, mais que espírito; nódulos, não mais teias. Sentir o cheiro ácido do medo, o aroma ardido da saudade ou o perfume forte da paixão. Basta querer e ousar.

Foco no rosto de Vera. Um fino fio de suor escorre por ele. Fecha nos olhos. Estão mareados. Uma pequena lágrima está precariamente presa no canto de seu olho esquerdo. Macrofoco na lágrima. Ela treme e cai. Corta.

— O que foi, Vera?

— Não sei... Foi uma sensação diferente estar aqui, com você, relaxada, leve, conversando. Feliz... Espantei-me com a novidade. Sabe? Saborear um simples pedaço de pão com manteiga... Falar de miudezas... carinhosamente... O café da manhã, para mim, foi algo tenso e agressivo, por tanto tempo! Um sinal deprimente de que os laços do sentimento se haviam desfeito, por avidez e descuido.

Continuou, após breve pausa, como que para arrumar as lembranças em sequência que eu compreenderia:

— Só ficaram as aparências... Ah... as aparências, sempre as aparências... Na minha família, eram o essencial. Minha mãe jamais permitiu que nossa história mesquinha e amarga se tornasse pública. Pelo menos publicamente reconhecida. E fazia questão de manter nossos hábitos, como se nada houvesse mudado.

Outra pausa, mais longa agora:

— Você sabe... Eles romperam logo depois que fiz dez anos... E jamais se separaram...

Tomavam o café juntos, à mesma hora, todos os dias. Antes do rompimento, eram manhãs normais, rotineiras, numa casa jovem e disposta para a vida. Manhãs de leiteiro, jornais, conversinhas, bons-dias, correrias. Gustavo e Raquel, Elisa e Vera.

Gustavo tinha um amigo que produzia uma laranja-da-terra muito parecida com a grapefruit rosada, porém maior e mais sumarenta. Quando era época da toranja, como a chamavam, Vera e Elisa se deliciavam. Ela gostava dos gomos generosos bem geladinhos. A irmã adorava o suco, como o pai. Raquel rejeitava os amargos todos. Preferia laranja-serra-d'água.

Os ovos eram outro prazer daqueles desjejuns. Cada um gostava deles de um jeito diferente. Quentes, quase crus, para Gustavo; mexidos e picantes para Elisa; em omelete, com ervas finas, para Vera; fritos dos dois lados, gema dura, para Raquel.

Geleia caseira, torradas grossas e amanteigadas. Dois tipos de café, bule de prata, bule de estanho: fraco e forte; morno e quente.

Um ritual, familiar, esmerado, guloso, satisfeito. Iam, assim, deixando se firmarem cotidianamente suas pequenas diferenças. Elas temperavam a solidariedade de uma família autoconfiante e feliz consigo mesma.

Após a ruptura, silêncio absoluto. Regra implícita, imposta com o olhar e o gesto. Comia-se rápida e tensamente, um travo amargo se insinuando a cada bocado. Um inferno meticulosamente armado para redimir a culpa e o ressentimento. Silêncio sólido, de olhares frios e gestos pesados. Não podiam mais sentir o gosto da comida, preparada com requintes por Odete. O seu tempero francês azedava com tanta acidez.

— Ficou muito doloroso... Foi um gosto perdido, entre tantos outros... Só que este era compartilhado... Era a hora da família. Elisa e eu decidimos romper com as aparências... Na intimidade, a convivência era insuportável. Passamos a tomar o café no quarto, sozinhas... e continuamos em silêncio.

Gustavo e Raquel ficavam face a face, calados. Cumpriam rito de castigo e raiva. A ausência das filhas, porém, trouxe nova proximidade, revolveu o âmago daquela ligação interrompida, quem sabe até o amor. Sem as filhas a mediar seu constrangimento, restaram um ao outro.

Raquel deve ter se assustado com a força dos sentimentos que a nova situação provocava. Um dia, se rendeu: mandou que seu café fosse levado ao quarto. A partir de então, mesmo os hóspedes passaram a ser gentilmente constrangidos a fazerem a primeira refeição em seus aposentos.

Foco nos olhos de Vera, estão cheios de lágrimas. Corta. Foco em suas mãos crispadas sobre as mãos de Lucas. Corta.

Afagou minha mão. Senti passar uma fagulha sem estática, movimento mesmo, tristeza, desalento, sei lá.

Volta Caetano:

"Enquanto os pelos dessa deusa tremem ao vento ateu
Ela me conta com certeza tudo o que viveu..."

São muitos os modos do silêncio. Silêncio e medo andam juntos. É o diálogo inflexível das coisas. Calados, deixamos livres os gritos e sussurros dos gestos e dos objetos.

Quando meu pai morreu, minha mãe me disse que o mais insuportável era o silêncio. E nem se falavam tanto, mais. Na sala em que partilhavam as horas, o som mais constante era de sua Smith Corona teclando histórias, ou o atrito mudo do pincel sobre a tela. No último período, a máquina calara, também. Restou sua presença silente, na poltrona de couro, os objetos de uso pessoal falando sem parar dos hábitos e das manias. A absorção da anima pelas coisas e pelo movimento puro impedia que o véu irremediável do silêncio descesse, como morte, sobre suas existências. Bastavam-se como eram, como estavam. Tantos anos em comum permitiam resumir a existência. O que me pareciam hiatos, para eles eram momentos plenos de significado. Ela ficou com um vazio privativo, antes preenchido pelo código particular daquela vida comum, por eles criado, somente por eles decifrável. Embora ele nada falasse, para ela o silêncio só se fez depois que ele morreu. Este mistério, acho que jamais compreenderei inteiramente.

São várias as situações em que o silêncio se torna personagem central. A troca difícil e voluntária, que se assenta no diálogo direto, cede lugar a uma fala mediada, indireta, triangular. Não importa o disfarce, deixa sempre divisar, por trás, as feições imprecisas da morte. Não se morre apenas uma vez.

Foco novamente nas mãos de Vera, sobre as de Lucas. Elas liberam tristezas arcaicas. Corta. Foco nas nuvens escuras tapando o sol. Corta para o caramanchão escurecendo, rapidamente. Corta. A câmera mostra, ao longe, um espelho antigo, já meio encoberto pela pátina, refletindo as duas silhuetas, em silêncio absoluto.

Deixamos a coberta ensombrecida, o passado acontecido. Éramos um renascer por escolha. Sabíamos, entretanto, que ainda tínhamos algo atrás a exorcizar. Era preciso encontrar a vereda cega, o canto aparentemente sem saída e atravessar sem vacilação aquele ponto que os olhos não veem, mas a vontade encontra. Sair além, livres, no novo mundo, nosso. Presente e futuro. Lembrar Riobaldo: o real se dispõe pra gente é na travessia.

Fazia frio. A chuva voltara, fina, e molhava nossos rostos, apesar dos chapéus. Chuva de vento, lavava repetidamente nossas faces. Já não há quase o que limpar.

As pedras lisas do calçamento brilhavam foscamente na manhã. Espelho negro, agora sem reflexos.

— Lucas, você nunca se lembra das outras pessoas de sua família?

— Eventualmente, quando as vejo, fala-se nelas, recebo notícias.

— E das que já morreram?

— Nem aniversariamente. Não lembro quando nasceram, nem quando morreram.

— Eu coleciono os mortos da família. Como em um álbum. Pelo menos aqueles com os quais tive relações mais estreitas. Meus avós, tia Iracema, tio Rogério.

— Um dia você sacode a poeira e se livra deles.

— Eu, hein! Para virarem fantasmas?

Câmera rápida no rosto de Vera. Ela sorri. Corta. Foco nos olhos. Eles brilham. Foco demorado. Os olhos de Vera começam a escurecer, ficam tristes, depois espantados. Corta.

Lembro-me, com certeza, das minhas referências familiares. Sempre que me defronto com uma situação semelhante às que vivi com meu pai, sua memória retorna nítida, quase física. Tenho a sensação de estar compartilhando com ele aquele momento.

Ele está sempre presente em meu pensamento, naquelas horas em que algo me relembra coisas que lhe deveria ter dito. Do silêncio não quebrado. Da aspereza na superfície, sob a qual ondas vigorosas de emoções ficaram aprisionadas para sempre.

A memória de minha mãe é mais presente ainda. Um pôr de sol, uma porta artisticamente concebida, uma brisa perfumada. Sensações etéreas me trazem a lembrança de seu doce olhar, de sua tez suave, do perfume de suas tintas.

Sua morte reconstruiu em mim sua imagem. Reconquistei-a à distância maior, sem as impurezas dos desencontros e dos descaminhos. Só o seu lado luminoso sobreviveu em mim. Compreendi melhor sua força inesperada, que iludia a fraqueza fabricada. Meio a qualquer tormenta, essa força guardada quase com naturalidade emergia irresoluta. Como a beleza escapava de suas mãos irreprimível, impoluta, relevando a delicadeza do bordado de sua alma. Mesmo quando a tristeza às vezes escurecia a vontade ou o amor rarefeito recusava a calma e sufocava o peito, mantinha-se altiva e serena. A beleza era tão abundante nela que forçava seus dedos a pintar tormenta ou casario. A mesma beleza que fazia os olhos dela brilharem de um jeito luminoso e encantado quando confessava o amor sem receio.

Ela não suportou, contudo, o silêncio da Smith Corona. Feneceu, como uma senhora romântica, incapaz de viver sem o seu amor presente, sem aquela voz metálica, cujos segredos aprendera a decifrar. Foi saindo de cena, da vida. Quando se foi, plácida, com um ligeiro sorriso de despedida, me dei conta de que me deixava de herança a maior e mais indelével das saudades. Quando tenho tempo para tomar essa saudade nas mãos e falar com ela, tanta falta às vezes me revolta. Uma parte de minha alma se desgarra como se fosse se agarrar com força à dela. Logo me dou conta, adultamente, de que não consigo mais tê-la de volta.

CAPÍTULO 7

A casa demolida

"Casa sombria, face à qual demoro
Aqui nesta rua desairosa..."

ALFRED TENNYSON

— Será que na história de Paraty há alguma coisa marcante, uma grande tormenta, muito sofrimento?

— Não sei, Vera, por quê?

— Sei lá... Continuo com a sensação esquisita de que a cidade está cheia de fantasmas. Sempre ouvi dizer que fantasmas são almas penadas. Eles surgem do sofrimento...

Parou, olhou em volta e arrematou:

— Ah... deve ser a chuva... as casas velhas... o clima... fico impressionada...

Fala-se que a baía de Angra dos Reis vivia cheia de piratas. É célebre o episódio do resgate pedido por René

Duguay-Trouin. As ilhas, diz-se, estão repletas de tesouros escondidos. Há casos, registrados no cartório das crenças populares, de fortunas rápidas obtidas com a descoberta de botins perdidos.

Durante o período em que os tropeiros faziam o caminho da serra do Facão, a baía de Angra e Paraty foi terra de mercenários e aguardente. Depois, Paraty tornou-se cidade maçônica, com o selo imperial.

Na origem mais remota, era território indígena. Dos guaianás. Eles acreditavam que seu clima era tão bom que qualquer doença poderia ser curada nas águas de Paraty. Menos a cobiça, decerto.

— Bem... contam que esta é a terra do diabo — disse, disfarçando a ironia com um tom de estudada displicência.

— Como assim?

Seu olhar mudou. Já havia nele aquela indagação atemorizada, que antecipa um sinal indesejado.

— Deus distribuía terras pelo mundo afora, quando apareceu o diabo, reclamando sua parte. Apontou o dedo divino para um pequeno ponto verde, à beira de uma grande baía, entre a serra e o mar, e disse-lhe com sua voz tonitruante: "É lá, aquilo é para ti!"

— Ah, Lucas!

Evitamos falar de seus temores. Uma vez ou outra, diante de um homem muito velho, de um cão passeador, de um estranho mais esquisito ou de uma casa abandonada, ela não conseguia conter o arrepio e apertava minha mão com força. Em um desses momentos, foi tão gelado o aperto, tão palpável a vertigem, que cheguei a admitir, por um segundo, que algo havia escondido por trás daquelas impressões.

Lembrei-me daquela casa mal-assombrada dos pesadelos infantis. Um sobrado com pequeno jardim em frente, decorado por um pé de romã. Sala simples, uma escada larga levava ao segundo andar, onde ficavam os quartos. Era, talvez, um pouco escura. Não me lembro de janelas.

Tinha seis anos e muito medo. Era uma fase difícil para meus pais. Brigavam demais. Estavam infelizes. Papai deixara a fazenda. Relações estremecidas com meu avô. Passaria o resto da vida entre a Buriti do Brejal e a Smith Corona, como se fossem incompatíveis. Aturdido pela intolerância do velho, jamais foi capaz de entender que era a vida na fazenda que fertilizava seu ofício. Nem mesmo depois que o pai morreu pôde escapar ao aranhol venenoso que lhe armara com seu despotismo.

Na capital, o sonho se desfez na dura tarefa de sobreviver. Uma decisão menos correta, um erro de avaliação podiam romper, bruscamente, o tecido de seus planos, mescla de desejo e realidade desequilibrada pela imaturidade. Meus pais não tinham, então, tempo para o amor. Estávamos todos condenados a adiar o encontro com nossas emoções. Casamento precoce, a cidade os engoliu e anulou. Minha mãe, nesse período, abandonou suas pinturas para, pensava ela, se dedicar à família. Na verdade, entregou-se mesmo foi à frustração. Meu pai tentava abrir um caminho pessoal na vida, aos tapas. Buscava uma forma de conciliar a independência, de cujo desejo retirava muito da hostilidade a meu avô, os chamados da Buriti do Brejal, que ouvia mas desentendia, e a Smith Corona, sua verdadeira razão de ser. Formou na alma mistura mal-ajeitada de bons e maus sentimentos, de impulso e objetivo, que só muito tempo e excessivo sofrimento corrigiriam.

A casa era mal-assombrada, diziam. Vivia sob o feitiço atormentado da mulher que a construíra e nela morrera de sofrimento, por causa dos maus-tratos do marido. Ninguém poderia, jamais, ser feliz ali, cochichavam. Sempre acreditei nisto, até que a compreensão afinada da vida me mostrou que a infelicidade deles, e nossa, vinha de dentro, do desconcerto entre o sonho e a vida, do desajustamento entre a dureza dos desafios e a ingenuidade das soluções.

Voltei, uma vez, àquela rua amarga da infância, adulto e curioso de mim mesmo. Nunca pensei que me causasse tanta emoção. Não consegui lembrar de um só momento ali vivido. Nenhum fragmento de memória daqueles dias cruzou minha mente. Não via rostos, nem ouvia vozes, choros ou risos. Via apenas a casa, pintada de novo, pulsando irrealmente com a nova vida. Fiquei, por um longo tempo, completamente dominado por emoções antigas, todavia desmemoriadas. Afoguei-me na lembrança incorpórea, informe, desencarnada dos sentimentos que havia experimentado. Nó na garganta, ofegante, me dei conta, então, do quanto uma criança pode sofrer. Dor sem entendimento. Medo.

Numa ocasião, meus pais deixaram um primo adulto me fazendo companhia à noite, para que pudessem ficar no sítio de amigos. Na hora de dormir, após muito resistir, finalmente confessei que estava com medo dos fantasmas.

— Não existem casas mal-assombradas, nem assombrações — me disse, seguro. — É uma casa como outra qualquer.

"Nunca viu os fantasmas daqui de casa", pensei. E me recolhi ao quarto, com o medo firmemente agarrado às minhas costas, suas garras frias me arrepiando a pele, seu bafo gelado me fazendo suar copiosamente.

Adulto, recordava sempre aquele primo confiante, como alguém a quem faltava um pedaço essencial da existência. Com certeza, nunca vivera em fazenda. Urbanamente ignorante das verdades simples, jamais terá virado, em susto, para trás, a tempo de entrever alguma alma penada se afastando do fogo, à roda do qual os peões contavam estórias de arrepiar. Quem, algum dia, já sentou ao pé de um desses fogos, nunca terá tanta certeza. Vive-se para sempre com o certo duvidado. A razão explica, o espírito desconfia. Olhos que sabem, olhos que veem. Ou não?

De repente, me veio ali também a lembrança dele e se quebrou o feitiço. Olhei a casa, com olhos de criança. Numerosas lembranças daquela infância triste começaram a desfilar diante de mim. Pude, então, ouvir as vozes dos amigos: Zirinha, Geraldo, Joi, Arlindo. Podia lembrar das vezes tantas em que me senti completamente perdido, sem entender aqueles desencontros todos. E revi os fantasmas. Os que me puxavam o pé, à noite, me forçando a dormir todo encolhido. Os que ficavam me olhando, ao lado da cama, me obrigando a dormir de costas, com o rosto virado para a parede. A mulher alta, branca, de branco, que ficava sempre entre meu quarto e o banheiro. Eu sofria por causa de todos, passava as noites em pânico, dormia apenas por exaustão.

Foi aquela mulher altíssima, no meio do corredor, me impedindo de ir ao banheiro, quem me causou mais desconforto em toda a minha vida. Uma noite, trêmulo, suando por todo o corpo, um fio desagradável de umidade escorrendo por minhas pernas, fiquei olhando para ela fixamente, as pernas bambas. Num repente, decidi: me atirei sobre o fantasma, sem respirar, sem enxergar, sem acreditar no que estava fazendo. E passei. Ele se foi. E, desde aquela noite, desapareceu. Não totalmente, vez ou outra reaparecia e me obrigava, novamente, àquele salto no escuro, desesperado, asfixiado, cego, apavorado.

Um salto que repeti tantas vezes, em minha vida, sempre que algo, fantasia ou verdade, me amedrontava. O medo nunca me deixou. Apenas salto sobre o que me aterroriza, como se me atracasse a uma fera raivosa e, agarrado ao seu pelo, fosse capaz de evitar seu ataque. Ah, quantas vezes tenho saltado, quantas vezes agarro o medo pela frente e, após um momento infinito de incerteza e ansiedade, descubro que não morri. Uma descoberta tremenda, que faço quase todo dia, estou vivo, continuo vivo. Ela está sempre lá, branca e fria, no corredor da vida, e sei que um dia saltarei para o lado de lá.

Não esperei que abrissem a porta, não desejaria entrar. Afastei-me, para sempre. Afinal, levo a casa comigo, num canto inatingível, sempre. Ou a lembrança dela, quase tão real.

— Você está tão absorto. Em que pensa?

— Pensava na última vez em que vi o sobrado... Você sabe.

— Claro! Você foi ver a casa que só lhe traz más recordações. Mas deve ter havido bons momentos, descobertas...

— Se houve, não lembro. Foi o período mais duro de minha vida.

— Pois é... Mas deve ter havido bons momentos. Porém, para você, a casa é só dor. Aí, você a vê como mal-assombrada. Algo terrível, fonte de terror e solidão.

— Se a derrubassem, seria um alívio.

Depositar o ressentimento em objetos expressivos, embora despersonalizados. É mais fácil desconstruir o concreto e, com ele, os sentimentos adversos. Assim, as pessoas que imprimiram seus próprios sentimentos naqueles materiais sem vida têm uma chance. Culpas pessoais? Não, gerais. A vida é sempre um roteiro coletivo. O indivíduo é parte do enredo, como sujeito e como vítima. É certo que alguns são mais capazes de divisar o outro na mira de seus desacertos. E há, também, os que carecem de simpatia. Nunca se põem nos chinelos do próximo.

A ética da sobrevivência é vária. Qualquer um tem o direito de buscar sua própria felicidade ou, até mesmo, o desastre. Somos deuses ignaros. O futuro é uma incógnita indecifrável no microcosmo de nossa pobre divindade. Quem garante o resultado final? De quem será a mão invisível que congrega essas individualidades e as faz coletividades? Nem desses deuses, nem do diabo.

— De verdade, não sei se sentiria alívio... Prazer, quem sabe? Prazer de vingança... Justiceiro. Não é um caso de desamor, é de ódio mesmo. Destruí-la me faria bem. A cada marretada eu estaria tendo, quem sabe, uma chance de revidar cada golpe que recebi, quando não tinha força nem entendimento para reagir.

— Nisso somos muito diferentes. Eu também vivi momentos de enorme angústia na casa de meus pais, em Laranjeiras. Acho que foi nela que nasceu esse medo enorme que sinto às vezes, e que parece nunca me abandonar de todo. Mas eu gostava dela...

A lembrança da casa dos pais era como uma cortina espessa, tecida de muitos incidentes, que a fizeram insegura, só, atormentada. Retalhos escuros de um pedaço significativo da vida que turvaram o sentimento. Não odiava a casa, embora estivesse irremediavelmente ligada a circunstâncias infelizes de sua vida. No dia em que o pai a vendeu, ficou muito triste. Quando a demoliram, chorou, solitariamente, sem ter com quem partilhar a perda. Foi quando viu, com clareza, o que acontecera. A casa demolida era o ponto final, que marcaria a destruição completa de uma relação de amor, mutilada a golpes frios, quase deliberadamente, por duas pessoas despreparadas para o afeto e a felicidade.

Fomos andando pelo terreno perdido entre o vivido e o agora, apalpando as memórias. Paramos diante de um antiquário. Por que não remexer antiguidades dos outros? Talvez evitassem que as nossas doessem tanto. Muitas peças de cristal, prata e porcelana, a maioria sem qualquer valor. Algumas poucas de qualidade. Examinamos uma arca de jacarandá, com delicada pintura interior, em tons de rosa e azul, semelhante à decoração floral que se encontra em algumas igrejas. Uma bela mesa de fazenda, móvel solidamente rural, madeira teimosa, que resiste ao tempo e aos homens. Uma sopeira Companhia das Índias. Uma bela coleção de pistolas e adagas. Armas assinaladas de nossa sublimação.

Com um movimento rápido, estranhamente inseguro, Vera pegou uma bonbonnière de porcelana de Limoges nas mãos. Bonita, com invulgar decoração sombreada.

Ficou examinando-a, detidamente. Apalpava, alisava, divagava, novamente diante dos caprichos do destino, que abrem esse baú sem fundo no qual nossas memórias se entrelaçam às lembranças de desconhecidos.

— Minha mãe tinha uma, exatamente igual, na estante da sala de estar. Me lembro que chorei muito quando a quebrou, pouco depois de eu fazer dez anos.

Ficou olhando a peça por algum tempo.

— Foi o primeiro presente que ganhou de papai, quando ainda namoravam. Dentro dela conservava o cartão, muito ao estilo dele: "Disse-lhe que era doce. Se pudesse, guardava-a aqui. Não posso. Peço-lhe, então, que a guarde. Com amor, Gustavo."

Eles já moravam no Rio naquela época, na bela casa ajardinada. Por dentro, uma autêntica residência mineira: rigor nas aparências, recato na decoração, tudo da melhor qualidade. Nenhuma ostentação maior. Dessas casas em que entramos, somos bem-acolhidos, mas nos é impossível penetrar a intimidade: hospitaleira distância.

Por fora era bonita, porém menos sóbria. A arquitetura art-nouveau tinha rebuscados que, se não chegavam a contestar sua contenção interior, a emolduravam de forma extravagante. Registrava, talvez, uma contradição real nas vidas de Gustavo e Raquel, pois a mudança para o Rio fora motivada pela ambição da riqueza, não pela mineira nostalgia do mar. Tinham muitas esperanças. A adaptação à cidade os fizera abrir mão de muitos hábitos e alguns valores. Mudavam a forma, sabiam. Não pareciam perceber o que ocorria nos interiores.

Gustavo estava em fase excelente. Fizera ótimos negócios, organizara sua própria empresa. Juntara, finalmente, o prestígio e a força do dinheiro ao nome de família. Raquel encantava as rodas cariocas com seu aristocrático charme de jovem dama mineira. Tornara-se entendida em salões mundanos, mantendo apuros no recato. O assédio dos homens era barrado com delicada frieza, tempero de sua simpatia. Os olhos vivos desmentiam, porém, o ar ingênuo. Quando necessário, deixava sobressair alguma arrogância, para indicar o quilate de seu caráter. A extrema sagacidade com que carteava o bridge denunciava uma inteligência que, longe das cartas, permanecia quase sempre submersa. Suas mãos femininas mantinham quieta e pronta a determinação.

Contudo, não deserdava sua ancestralidade. Era mais apta para as aparências do que para impor seus desejos mais fundos.

Externamente estavam na fase dourada da existência: jovens, ricos, sedutores. Internamente, queimavam em dúvidas. Descobriam emoções, sempre reprimidas por necessidade ou conveniência. Eram assediados por novos apetites. O Rio de Janeiro cosmopolita confundia seus espíritos, suscitando paixões, aprisionando-os em sua quente sensualidade. Faltava-lhes a temperança da serra, a dura e cortante disciplina da alma, que havia moldado suas vidas em Minas. Aquela Minas claustrofóbica, internato geral. Liberados dela, estavam em perpétuo frenesi.

Ele alternava negócios, jogadas ousadas no Jockey e ruidosas noitadas pela boemia carioca. Ela enfeitava a casa para receber novos amigos e se esmerava no bridge, o que beirava a excentricidade, naquela mulher jovem e comedida, que domava com firmeza todas as tentações.

Prisioneiros da cidade, na altura, se entregavam à vertigem. Mergulhavam, cada um a seu modo.

Vera tinha quase seis anos, quando tudo começou. O país vivia a história em turbilhão. Anos de luz e de sombra. Época selvagem do primeiro avanço capitalista. Fortunas breves, sustentadas, paternalmente, pelo favor geral. Neste país múltiplo, desigual, de caráter estilhaçado, todos os ciclos, parece, serão, de algum modo, selvagens.

Seu pai colhia os frutos de uma sucessão de bons lances. Intuitivo, dotado de inteligência estratégica, atirava-se às oportunidades e aos riscos. O sucesso o fazia cobiçado. Suas vitórias sucessivas começavam a se incorporar à mística da cidade. Era progressivamente admitido ao círculo formado por aquele punhado de conhecidas personagens que constituíam a alta sociedade. Foi quando comprou a casa de Laranjeiras.

Organizaram uma grande festa de inauguração. Um acontecimento. Todos desejavam lá estar. Cúmplices da festa. E, de certo modo, todos puderam estar: o financista, o político, o arrivista, o gigolô, o industrial, os testas de ferro. As mulheres ricas, as belas, as independentes e as de ocasião. O high society carioca sempre foi este amálgama de estirpe e fraude. Continua assim, cada vez com menos estirpe.

A festa seguia o curso do sucesso. Fartura inegável, etiqueta impecável, serviço perfeito. As rodas se faziam e desfaziam, satisfeitas. Em vários momentos, conversaram. Quando ele a buscava, ela o estava sempre olhando, com interesse e vida nos olhos verdes. Tão insistente que vaidade e desejo o empurraram até ela. Aproximou-se, duas taças de champanhe nas mãos, e ofereceu-lhe uma delas, com sorriso brejeiro.

— Só quero você — disse, recusando o champanhe.

Carmen, era seu nome. Irmã de Irene, a melhor amiga de Raquel. Ramo carioca de uma família das Gerais, imbricadas num parentesco, desenhado naquelas longuíssimas árvores de genealogia típicas da tradição mineira.

Acabara de chegar de Paris, após lá viver muitos anos. Separada recentemente do marido, um influente industrial francês, reabria para a vida. Raquel, solícita, era toda atenções. Pedira, mesmo, a Gustavo, que também cuidasse dela, fazendo apresentações, acomodando-a nas rodas. Estava, ainda, deslocada, após tantos anos fora. E viera pouquíssimo ao Brasil.

A surpresa daquela afirmação ousada, quase obscena, numa casa mineira e na boca de uma mulher fina, de reputação intocada, abriu uma daquelas fendas na vida, em que a sensação de vertigem força o mergulho. Afinal, eram esses saltos tentadores que o empurravam aos lances agressivos nos negócios, ao Jockey e à noite. Aprendia a viver perigosamente.

Entabularam um romance. Alguns dias depois, um sábado, chamou-a para irem a Petrópolis. Ali começou o novelo que ficaria emaranhado de anos. Não foi aliança propriamente clandestina. Somente particular, não compartilhada. Ele nada disse a Raquel, apenas reorganizou a vida, recombinou espaços. Deu-se um novo trajeto, abrindo caminhos paralelos. Encontravam-se, quase sempre, em Petrópolis. No Rio, ele frequentava sua casa, para jantares íntimos, viam-se socialmente com frequência e reservavam a paixão. Comprou uma propriedade maior em Petrópolis, para as temporadas da família, a qual acabou se tornando o encantamento das filhas. Pôde, assim, isolar o agradável chalé para viver livremente sua paixão.

Foi romance avassalador e voraz. Não descuidou dos negócios, nem abandonou a família. Demarcou um espaço privado e pessoal, do qual se apropriava com toda intensidade. Deixou a noite e a boemia. Ficou com os negócios e o Jockey. As ausências das rodas mais noturnas denunciavam eloquentemente uma nova circunstância em sua vida.

Raquel jamais deu qualquer sinal de que suspeitasse do affair de Gustavo. As filhas não conseguiam penetrar as variações do mundo adulto. Provavelmente, não faltaram insinuações nos cochichos de salão, nem referências diretas na falação desabrida das rodas comuns. Certo mesmo é que nem Raquel, nem Irene, nem os dois amantes deixavam transparecer um fiapo da novela que entrelaçara suas existências e ameaçava levá-las a desenlace trágico.

Finalmente, cinco anos depois, Raquel ficou sabendo de tudo, formalmente, por intermédio da amiga Irene. Rompera-se o círculo das aparências. Em um momento de dúvida e conflito interior, agastada com Carmen, que se recusava a romper ou exigir de Gustavo uma definição entre as duas, dividida na solidariedade entre a irmã e a amiga, contou tudo a Raquel.

O desfecho foi rápido, simples e doloroso para sempre. Chamou o marido e lhe disse:

— Você já a viu pela última vez. Não posso permitir despedidas. Sei que não pretende destruir sua família por uma mulher, ainda que a ame muito. Eu vou manter o casamento e as aparências.

Não esperou resposta. Afastou-se. Desde então cobrou silêncio entre eles. Desse modo, chegaram àquelas manhãs atormentadas, dos desjejuns silentes.

Secou o sentimento. Não deixou que o sofrimento, a decepção ou mesmo a raiva marcassem sua figura ou estragassem suas maneiras. Seus olhos perderam o brilho, ficando permanentemente velados por densa bruma.

Pouco depois, Carmen se casou novamente. Gustavo persistiu na tangência, trocou aquela paixão, interrompida a contragosto, por aventuras inconsequentes. Cultivou a superfície das relações. Jogava afoitamente, ganhava sem parar. Sua vida, também, fora irreparavelmente desencaminhada. Restou um sufocamento, que o fazia viver às arfadas.

Vera entrava na sala, na manhã seguinte à conversa dos pais, surpreendendo sua mãe quando deixava cair das mãos a bonbonnière que dera início a tudo, num gesto de desalento. A mãe virou o rosto, para ver quem entrava. Não desviou o olhar da filha. Vera viu as lágrimas escorrerem, grossas. O rosto impassível. Chorava. Choravam. Percebia sem entender.

Sua irmã Elisa passou pela mudança mais rápida, completa e definitiva quando descobriu os descaminhos do pai. A decepção com Gustavo a marcou profundamente, embora de forma invisível ao olhar externo. Ampliou demais e precocemente aquela mancha escura em seu espírito, onde a luz jamais entrara. Ao fazê-lo, diminuiu para sempre o brilho de sua luz exterior, talvez de um modo imperceptível para os outros, ainda que transformando significativamente sua personalidade.

Amava o pai com ardor que não dedicava a nenhuma outra coisa ou pessoa no mundo. Admirava seu espírito aventureiro e, por isto mesmo, entregava-se também à aventura. Casou-se com Bernardo, que lhe aparecera como a versão jovem e disponível da mesma espécie do pai. Foi o único pelo qual se deixou apaixonar e, pela primeira vez na vida, cultivou o fogo e deixou de lado a frieza. Amou apaixonadamente, com entrega total, despojada, recusando-se pela primeira vez a usar a razão.

Quando descobriu que a traía, não se surpreendeu. Fazia parte daquela espécie de homens à qual seu pai pertencia. A única que amava e que, descobria, jamais seria confiável.

A descoberta a deixou, porém, inapelavelmente impermeável à emoção e ao amor. Nunca mais se colocaria em uma situação de fraqueza. Nunca mais deixaria de ouvir a razão, de calcular com exatidão suas probabilidades. Não seria apanhada de surpresa pela terceira vez. Tornou-se a professora precisa, calculista, cuidadosamente competente. A mancha escura ocupou sua alma inteira e, finalmente, apagou-lhe a chama exterior. Nunca mais Elisa brilhou.

Raquel e Gustavo nunca se separaram e jamais conseguiram reencontrar o fio da meada do amor sufocado. Viveram juntos a remissão dos desatinos. Nem a morte os separou. Morreram em um acidente de carro na estrada para Petrópolis. Uma carreta desgovernada jogou o carro serra abaixo. Os dois, sentados no banco traseiro, foram atirados para fora do carro, após várias capotadas, e rolaram pela encosta, até que seus corpos pararam, juntos, entre pedras e vegetação.

— A morte em desastre é a mais cruel, Lucas. O susto impede que se absorva o choque do imprevisto e a dor do inevitável. É uma surpresa terrível. Fiquei um longo momento sem conseguir respirar ou chorar. E a notícia sempre chega nessas horas sem palavras de preparação, sem consolo. É a pura, fria, nua realidade: "houve um acidente, não resistiram."

Vera foi a primeira a chegar ao local do acidente. Elisa, em São Paulo, chegaria pouco antes do velório. As duas juntas, diante dos caixões. Elisa chorava muito quieta. Vera parecia asfixiada. O choque ainda a paralisava. Nem as lágrimas conseguiam se desprender e escorrer piedosas por seu rosto.

— Agora, suas almas estão juntas, sem ressentimentos. Estão serenos — balbuciou Elisa, como um consolo para si mesma e para a irmã.

Vera pareceu não ter ouvido.

A morte anunciada talvez seja mais suave aos corações dos que ficam. Principalmente, quando o morituro aceita com tranquilidade a proximidade do fim. Sempre queremos adiar essa conclusão. Quando a hora está anunciada, já não há o que fazer, a espera se torna uma oportunidade de despedida, de palavras não ditas, ou de repetição daquelas palavras que sempre foram a senha do afeto entre quem fica e quem vai.

A primeira vez que li *A Montanha Mágica* fiquei chocado com a ironia mórbida com que o extraordinário Settembrini, o intelectual, humanista, carbonário, se referia aos que se encontravam em tratamento no sanatório para tuberculosos de Davos. A probabilidade de morte era, evidentemente, muito alta naquela época. Ainda assim, chamá-los de morituros me parecia uma cruel morbidez. A referência claramente remetia à conhecida saudação ao imperador dos que iam para a morte na arena: "Ave imperator morituri te salutant." Com o tempo entendi que essa forma crua e realista de encarar a probabilidade de morte de pessoas com as quais se convive conduz a uma aceitação mais tranquila do desfecho.

Após tantas perdas, me convenci de que a convivência com os morituros pode ser um momento final rico e precioso. Certamente melhor que o choque da surpresa que paralisou Vera. É mais difícil compreender e aceitar essa perda vinda da brutalidade do acaso. Mesmo a ironia às vezes quase ofensiva de Settembrini com os companheiros de sanatório envolve esse processo de reconciliação com a doença e a possibilidade de morte. Nesse caso, essa aproximação é ainda mais dramática, porque ele mesmo é um morituro. Ao tratar os outros como "os que vão morrer", está falando dele mesmo também. Todos estão prisioneiros do mesmo enredo no sanatório e é impossível adivinhar os que morrerão e os que terão alta.

CAPÍTULO 8

A cidade e o esquadro

"Acontecido. Somos o anoitecido.
Ser é ser."

LÚCIO CARDOSO

Comprei-lhe a bonbonnière. Não poria fim à mudez que trazia, naquela parte do ser reservada aos pais. Nem preencheria aquele ponto de vazio absoluto que se seguiu ao momento decisivo no qual a peça de porcelana escorregava das mãos de sua mãe, abertas em desconsolo, sem raiva e sem esperança. O dia em que choraram juntas, mãe e filha, uma sem explicar, a outra sem compreender.

Câmera nas mãos de Vera. Elas seguram com cuidado imenso a bonbonnière. Fecha no objeto. Abre, enquanto se afasta. Vera de corpo inteiro, segurando, infantil, a porcelana. Grande plano: Vera, atrás antiguidades. Corta. Close das mãos segurando o objeto. Corta. Close dos olhos de Vera. Eles choram.

Não se recupera o tempo perdido. Pode-se entretanto esperar um renascer diferente, porque fruto da opção e do entendimento.

Notei um antigo livro sobre Paraty, escrito por José de Souza Azevedo Pizarro, procurador-geral das Três Ordens Militares. Acenderia em mim a suspeita das coincidências, a mesma que alimentava alguns dos medos de Vera. Comprei-o, também.

Saímos do antiquário e fomos percorrer uma casa que estava à venda. Vera pediu ao rapaz da loja que levasse seu presente e o livro até o hotel.

Sempre achei curiosa a experiência de visitar uma casa vazia, sem móveis, silenciosa. Imaginar como terá sido, como poderia ser. Tenho dificuldade em atinar com o desenho e o sentido das paredes nuas. Comporto-me com certa cerimônia, como se penetrasse em lar habitado por pessoas que não conheço. Falo baixo. Constranjo-me ao entrar nos quartos, tenho que me conter para não bater nas portas fechadas e esperar permissão para entrar. Sinto uma réstia da presença de todos que ali viveram e, talvez, dos que ainda venham a viver.

Nesta ampla casa haviam deixado apenas as plantas. Avencas no parapeito das janelas. Muitas choronas dependuradas, renda verde a filtrar o sol. A casa estava toda em meia penumbra, entrecortada por fachos dourados. Janela: geometria de simples forma, capaz de enquadrar nossa vida enorme, Rilke.

Vera encostou em uma das janelas enormes. Sua cabeleira, irisada pelos fios de sol, formava moldura quase mística para seu rosto de olhos condensados. Ela me olhava com carinhoso e delicado desejo. Vestia um vestido branco, como uma camisa de linho muito larga, que lhe batia um palmo acima dos deliciosos joelhos. Seu corpo despontava todo nas transparências. A esquadria azul ressaltava sua imagem, recortada em luz. Imaginava ver os pelos mais longos de seu púbis, quando abria as pernas e deixava a luz atravessar o alvo tecido.

Pensei ouvir uma valsa de Mignone ao piano. Fui até ela e a abracei. Disse que a amava. Beijamo-nos. Excitados, trocamos carícias. Tudo me parecia um pouco despropositado naquele lugar, na presença invisível de seus moradores passados e futuros. Sua postura reveladora diante da janela, porém, as curvas que o vestido repentinamente iluminado queria mostrar, os seios irisados, desafiando o tecido, tudo isto me deixava excitado e disposto a transgredir os limites que minha continência mineira às vezes impunha. Sua mão em meu pescoço era mais real e mais forte que qualquer restrição convencional. Suas coxas, coladas às minhas, aquele montinho quente me roçando o pênis, acendiam vontade irresistível. Tirei lentamente seu vestido, beijando seus seios. Alisei-os muito lentamente, muito delicadamente. Senti sua pele arrepiar toda. Beijei sua barriga, o umbigo, a virilha, a colina de pelos que me enlouquecera, o clitóris. Beijei, então, mais ardente e fortemente, os lábios de sua vagina, sentindo suas pernas tremerem.

Deitados no chão de tábua corrida, nos esmeramos na excitação um do outro. Todo o tempo escutei os acordes melodiosos da valsa. O desejo era forte e a vontade uma só. Seus lábios percorreram meu corpo, eriçando minha pele, me levando mais próximo do gozo. Percorria suas curvas aveludadas, com dedos levíssimos, quem sabe, no mesmo compasso da valsa langorosa. Improvisando os acalantos do prazer, chegamos juntos ao ponto explosivo e gozamos, vagarosamente, um e outro, um no outro.

Estirados na tábua lisa, sem tempo certo, desfrutamos o amor depois do amor.

Paraty começou com uma igreja. Que novidade! Não durou muito, construção efêmera. A Villa Velha, porém, floresceu. Sobretudo após a chegada dos aventureiros, que buscavam as minas.

Em 1893, inauguraram a União e Beleza, primeira loja maçônica do lugar. A maçonaria marcaria o seu desenvolvimento, daí em diante. Há símbolos iniciáticos em muitas fachadas, geometria em relevo. O traçado triangular das ruas, os cunhais de pedra trabalhada nas esquinas, o alinhamento do casario. Em uma das esquinas da rua do Comércio e outra da rua da Ferraria, três cunhais de pedra formam um triângulo virtual. Cidade construída no esquadro. Sete ruas correm do ocidente para o oriente. Seis ruas correm do norte para o sul.

Perde-se a noção do tempo, quando se pesquisa pormenores. Filigranas cujo conjunto denuncia a vida. Interessavam-nos as pedras, a disposição das casas, as cenas surpreendidas aos bocados pelas portas entreabertas, os detalhes da arrumação interna capturados às sombras, através de janelas apenas protegidas por rendas brancas. Na calçada, debaixo do parapeito de uma delas, um cão peludo parecia guardá-la.

Numa esquina, as venezianas se abriam para mostrar, com alguma reserva, um casal de velhinhos entretidos em minucioso jogo de damas. Reparei a parcimônia das jogadas. Não queriam consumir as pedras com rapidez. Percorriam lentamente o que restava no tabuleiro da vida.

Noutra virada, surpreendemos uma velha senhora em vigília insólita: afastada do parapeito, para ficar na obscuridade, fitava fixamente a parede da casa em frente, na qual um ramo de buganvílias desenhava trilha sem rumo algum.

Casas gêmeas, numa o passado já fora varrido. Em seu lugar, plásticos, fórmica, linóleo. Na outra, ele resistia: a cristaleira caminhava para o bicentenário, refletindo no cristal delicadamente decorado as imagens apressadas da TV. Ela vivia às décadas, o aparelhinho, aos segundos.

Percebíamos o movimento minúsculo da vida nos lances mais comuns, inadvertidamente revelados a nossos olhares indiscretos. Era o que buscávamos. Fiapos para tecer estórias, fragmentos para recompor uma história.

Não se pode fazer planos quando se quer apreender a vida nos momentos em que, desguarnecida dos paramentos das grandes ocasiões, se deixa ver sem maquilagem, face nua, sem arremedos ou encenações. É preciso estar aberto à surpresa. Andávamos atentos, olhos educados com paixão. Há alguma virtude nessa procura.

O cansaço nos fez voltar ao hotel. Tínhamos perdido o horário do almoço. Vera tomou uma chuveirada, enquanto eu preparava as bebidas. Quando eu estava sob a ducha fria, ela foi até a cozinha. Pretendia seduzir a cozinheira para que desrespeitasse as regras e nos servisse algo.

Sequei-me preguiçosamente, saboreei um gole de scotch, peguei o cachimbo e o enchi com mistura rica em fumos da Virgínia, realçados com pitadas de turcos aromáticos. Acendi-o caprichosamente. Os grossos rolos de fumaça azul denunciavam os raios do sol, que penetravam furtivamente pelas venezianas e anunciavam mais uma breve estiagem. Precisava de música. Sinfonia em três movimentos. Um Stravinsky americanizado.

Sempre tive consciência de que era extravagância em excesso fumar cachimbo na minha idade. Minha geração foi a primeira a abandonar o fumo majoritariamente. Vício caro. Era uma forma de decorar com certo pedantismo o perigo venenoso do qual sabia tirar grande prazer.

Fiquei pensando em Vera. Como explicar essa presença tão constante, que nunca se faz ausente? Dividimos cada fração de vida, cada pequeno gosto, cada ponta de prazer. O balanço atômico e pessoal, a identificação íntima com o próprio ser não se desfazem com a união. Mas o espaço do outro se torna permanente e cativo. Tínhamos o cruzamento de amores no ponto onde se dá a livre escolha, tornando mais forte e fecunda a ligação. Temíamos o reencontro com a decepção, é certo. De tanto se infiltrar, o amor inundou-me a alma e conquistou minha razão. Reinventávamos os limites das ligações amorosas.

A porta se abriu, desfazendo em volutas apressadas a malha azul de fumaça que eu mantinha por meio de compassadas baforadas, enquanto me emaranhava no quebra-cabeça de minhas emoções.

— Eu adoro este cheiro de cachimbo. É melhor que incenso. Ele me enche de apetites, me dá vontade de fazer sexo.

Fez uma expressão de impudico convite, acompanhada de uma lasciva passada de língua pelos lábios. Pausa breve.

— Trouxe quitutes — continuou, mudando de tom. — Aparecida, a cozinheira, já é nossa aliada. Não resistiu à cumplicidade. Sabia que somos o casal mais apaixonado que ela já viu por aqui? Perguntou se estamos em lua de mel.

— E você, o que disse?

— Que estamos em lua de melado. Não nos casamos, mas já deixamos o namoro longe. Jamais seremos noivos, pois já passamos deste ponto também. E estamos juntos sempre. Ela riu, sem entender.

— E você, entende?

— Entendo nós, não entendo os nós.

— ?

Trazia duas travessas na bandeja prateada. Uma, repleta de camarões enormes, fritos. A outra, cheia de pasteizinhos de palmito e carne de caranguejo, uma especialidade.

Pousei o cachimbo, para que apagasse sem pressa, e dediquei-me ao consumo dos resultados da sedução de Aparecida, pela feiticeira que trouxera comigo a Paraty. Terminamos de comer. Preparei uma última dose curta, para arrematar.

— Acende novamente o cachimbo, Lucas — sussurrou, enquanto sua mão já procurava onde melhor se aninhar, entre minhas pernas. Dormitamos muito depois.

Despertei primeiro, reacendi o cachimbo. Lembrei-me, então, do livro que havia comprado e o peguei: Memórias Históricas do Rio de Janeiro e das Províncias Annexas à Jurisdicção do Vice Rei do Estado do Brasil. Dedicadas a El-Rei Nosso Senhor D. João VI. Tomo III. Comecei a folheá-lo ao acaso.

Seu Commércio consistia na permuta dos gêneros que baixam de Minas Geraes, Santos e São Paulo, levando gêneros Europeos, e com preferência o sal, que de Parnambuco para alli vai cujas embarçoens carregam, em troca, farinha, e outros mantimentos. O povo não he tão abundante, como parece em conseqüência de um commércio tão amplo. Na mão de bem poucos fica toda a riqueza; porque encadeados de tal forma os demais habitantes com os principais do negócio, em suas maons depositam os fructos de suas lavouras, sem vantagem considerável, e sempre com forçosa dependência.

Brasil de ontem, Brasil de sempre. Nossos contrastes vêm de muito longe.

Acordou para me encontrar submerso. Subitamente a história se misturava com minhas próprias divagações. Fantasia e real já não reconheço. No repente, sou colhido pela ancestralidade.

— Seriedades?

— Coincidências.

Li a passagem na qual me havia detido. Nela recolhia, nítida, a geografia de minhas aflições.

Clamou, porém, de balde: porque os seus gritos nunca podiam prevalecer à necessidade, e utilidade pública, que resultava da criação da nova Villa em um districto por onde corria o caminho único para o Sertão, e Minas de Serra a cima.

— O caminho da serra do Facão fazia de Paraty o ponto de encontro entre o mar, a serra e o sertão. Era a ligação entre o vale das Minas Gerais e o Rio de Janeiro!

Era o único por onde o povo entrante de São Paulo e Minas annexas até as Geraes e por ele passavam riquezas d'ouro e pedras preciosas, desentranhadas dos Sertoens para a Capital. Era um caminho aspérrimo, de muitas serras, que não anda nem homem nem escoteiro em menos de dez dias, com muito trabalho e dispêndio.

Finalmente descubro o meu caminho. A minha caminhada. Vila no Mar, caminho áspero para o Sertão, Serra acima, passo ao continente das Gerais. Num repente totalmente imprevisto, encontro o ponto crucial de minha geografia, então, finalmente, é possível juntar serra, mar e sertão. Minhas contradições íntimas todas fazem um só caminhar.

— Sabe? Sempre suspeitei que sertão é referência, não é lugar.

— Não existem coincidências, Lucas. Você ainda vai descobrir que Paraty é uma confluência importante em sua vida.

Então é assim: sertão é longitude. Por mais que a gente se embrenhe nele nunca se chega. A gente se perde nele. Lugar de encontros definitivos. Homem, mulher, santo e diabo. Mas a passagem existe.

Estou perdido nas lendas. Serei o que penso ser? Autor, criador, pai? Ou sou personagem? Vivo ou estou sendo narrado? Onde ficam essas malditas Geraes? E eu?

Ser é ser...

— Não existem coincidências, Lucas.

— Só existem coincidências, Vera.

Perdi o rumo. Do que estou falando? Isto é vida ou narrativa? Começo ou fim? Já não percebo mais os pontos cardeais.

No sertão, o sol me cega mais do que as névoas no mar. Não há farol para iluminar minha rota. Não quero mais luz!

— Não são coincidências, Lucas. São sinais.

São ilusões, caprichos, acasos, pistas. São urdiduras, enredos, criações, improvisos da mão cega do destino. Coincidências. São tudo. São nada.

— Não vou me achar, Vera. Agora só tenho você.

Basta rasgar as folhas escritas, queimá-las, uma a uma, e esperar. Se as chamas me consumirem também, saberei que sou apenas a fantasia de algum autor enlouquecido, que perdeu o controle sobre seu personagem e o deixou destruir sua obra. Ou, ao contrário, fazendo isto tornar-me-ei mais real? Afinal, qual a fronteira entre criador e criatura? Qual é mais verdadeiro? Aquele que cria ou o que é criado? Interessa o que pensa o criador, independentemente da criatura? O poeta é maior, igual ou menor à pessoa que segura a pena? Não existem criações generosas, de pessoas mesquinhas? Ou criaturas más, de pessoas boas?

Melhor deixar as dúvidas entre vírgulas desnecessárias.

Sua mão, levíssima, me tirou do transe, com todo cuidado. Interrompeu minha viagem absurda pelo país inexequível dos seres abstratos.

Deitei a cabeça em seus ombros e descansei.

— Quero ouvir sua música, Vera. Quero entender sua música, Veruschka.

— Não consigo entender sua limitação para a música. Você conhece música, aprecia vários gêneros. Tem gosto apurado, não ficou nas melodias mais fáceis. Mas não toca instrumento algum, sequer dedilha um violão, não canta. É musical pela metade.

— A pessoa nasce com o dom da música ou não. Eu nasci sem ele. Alcanço a música intelectualmente, ou com a sensibilidade, mas não a domino. Melhor, não me integro, a música fica sempre como algo do outro, externo, porque não sei fazê-la ou repeti-la.

— Não estou falando em trocar a literatura pela música. Apenas em exercitar um pouco da musicalidade que você tem. Por exemplo, você gosta tanto de seresta. É capaz de ficar ouvindo as pessoas cantando até o sol raiar. E participa, sem jamais cantar.

— Está bem. Você me ajudou a decidir. Em poucos dias vou me tornar um violeiro.

— Ah, estou falando sério.

— Eu também. A viola é o único instrumento que posso dominar, sem ter nascido com o dom da música. Como você bem sabe, se aprende sozinho, ouvindo outros violeiros. Ou é preciso ter por mestre um violeiro experiente. Violeiro bom, mesmo, nasce com o dom... Como a viola é coisa de poucos e instrumento de rara beleza, há outros modos de dominá-la. Se a pessoa não nascer sabendo tocar viola, só pode aprender fazendo a simpatia do cemitério, da cobra-coral ou pacto com o diabo.

— Você não está falando sério... (muxoxo).

— Claro que estou. Olha, a simpatia da cobra-coral é assim: quem quiser aprender viola, deve sair à noite e caçar um filhote de cobra-coral. O filhote tem mais veneno que o adulto. Com o polegar e o indicador da mão direita, pegue a cobra pela cabeça e deixe que ela passe por todos os dedos da mão, várias vezes e sem ser picado. Aí, vai desenroscando, devagarinho, com a mão esquerda, sem usar o polegar, fazendo-a passar para esta mão e passear por seus dedos também. Feito isso, alise seu corpo com a ponta dos dedos da esquerda e solte a cobrinha na mesma posição e no mesmo lugar que a pegou. Pronto, já pode pegar a viola e sair tocando.

— Hã... e a do cemitério?

— Numa Sexta-feira Santa, o desejoso de aprender a viola deve ir ao túmulo onde tenha sido enterrado violeiro experiente. Ajoelhar diante do túmulo com os olhos fechados, esticar os braços com os dedos bem abertos. Rezar três ave-marias e depois pedir à alma do violeiro que venha ensiná-lo a tocar. Se a alma vem, ele sente um frio diferente na espinha. Ela pega com suas mãos geladas as duas mãos do desejoso, esfrega uma na outra, estala seus dedos um por um e some num redemunho. Quando a ventania passar, ele deve rezar mais três ave-marias para agradecer, porque já é um violeiro feito.

— Nem precisa contar o pacto com o diabo.

— É uma boa história. Tem que ser em noite de lua cheia. Ah, o luar do sertão! Numa encruzilhada tem que chamar o diabo e dizer que quer aprender viola.

— Por que pacto com o diabo se a música é divina?

— Dizem que é um grande violeiro. Uma das afinações da viola, a Rio Abaixo, é chamada assim porque o peçonha vinha descendo o rio tocando sua viola e seduzindo todas as moças ribeirinhas.

— Chama e ele vem?

— Nem sempre, que o bicho é tinhoso. E antes ele testa a valentia do desejoso. Manda animais com crias trocadas, vaca com leitões, porca com cabritos, tudo em sete. Depois manda cobras peçonhentas. Se o cara resiste, ele vem e ensina.

— E como você pretende aprender?

— Como tenho medo de cobra-coral e não gosto de cemitério...

— Para! Lucas.

Todas as geografias pessoais estão na fronteira entre vida e morte. Desse território bravio saem nossas dúvidas mais fundas e mais reveladoras. Sua matéria-prima é o mistério, a incerteza. Dele vem todo o nonsense de nossa existência. Dele saem nossos fantasmas, avisos definitivos, coincidências expressivas.

No dia em que meu avô morreu, meu pai estava se preparando para mais uma viagem. Dizia que viajava em busca de experiências para o que escrevia. Jamais uma página resultou dessas viagens. Sua inspiração vinha de muito mais perto, no entanto sempre tão distante, vinha da Buriti do Brejal. Ou do que a Buriti do Brejal representava, daquele mundão que se descortina, inadvertidamente, no lombo do cavalo, quando se corta o mar de capim ou quando se para, no alto de algum morro, e se olha o sem-fim. Talvez soubesse, mas não quisesse confessar. Arrumava as malas quando recebeu a notícia. Ele estava mal. Dificilmente resistiria. Mudou de rumo, para tomar o trem para o sertão.

Olhava as horas continuadamente, no Omega, presente dele, embora tentasse disfarçar a aflição. Afinal, cansado, adormeceu. De repente, seu pai o sacode pelos ombros, chamando-o pelo nome, com urgência e carinho. Acordou em sobressalto. Olhou o relógio, eram quatro da madrugada. Quando chegou, o pai não tinha mais que um fiapo de vida. Foi até a cama, pôs as mãos sobre as mãos dele. Sentiu uma ternura enorme e triste de doer sem parar nunca. Uma falta, um vazio, uma dor aguda para sempre. Olhou o relógio, marcava quatro horas. Perguntou a que horas o pai havia sofrido o ataque que o deixou preso a um fio quase imperceptível de vida. A um sopro da partida. Sem fala e sem consciência. Parecia apenas esperar sua chegada para ir-se de vez.

Sabia a resposta. Ele o chamou porque o queria ver uma última vez, porque, talvez, estivesse com medo da morte e queria sua mão ainda forte, para acompanhá-lo.

— Eram quatro horas. E não havia o que fazer.

Um último aperto, levíssimo, nas mãos dos dois amores, e se foi.

Sua mãe deixou o quarto aos prantos e foi para a varanda, onde passaram tantos momentos juntos. Olhava fixamente para muito além do horizonte.

— Não vou entender nunca, meu filho. Nunca. Isso não é maneira de morrer.

Abraçou a mãe, beijou-lhe delicadamente o rosto e choraram juntos suas incompreensões e aquela perda irreparável. Só mais tarde compreenderia o inteiro significado daquela pungente frase da mãe. Ela escondia muito mais do que pudera imaginar.

Olhou o relógio, estava parado nas quatro horas, nunca mais andaria. Ficaria parado ali, nas quatro em ponto da madrugada. No último segundo da vida do criador da Buriti do Brejal, o centro metafísico de nossas vidas, em que ele chamou a todos os seus amores, cada um à sua maneira, para na presença deles encerrar a jornada.

CAPÍTULO 9

O risco da fortuna

"Sua força natural aniquila todo humano,
seu domínio não se faz sem violência
se virtude maior não a anula."
NICCOLÒ MACHIAVELLI

Deixamos, para variar, que a cor das buganvílias determinasse nosso roteiro. As últimas que tínhamos visto eram brancas. Levaram-nos até uma praça singela, em quieta aceitação do tempo. Alguns cães vadios brincavam, sem latir. Ao final de uma ruela, vimos uma touceira de buganvílias coloridas de incandescente fúcsia, dobramos a esquina e paramos diante de uma casa toda florida.

À porta estava uma mulher alta, magra, pele muito clara, mais sugeria palidez, longos cabelos negros escorrendo sobre os ombros. Vestia cinza-escuro e trazia um xale vinho ao redor do torso. Os olhos muito pretos eram como contas de ébano incrustadas em olheiras fundas.

Tinha a seu lado um menino, pouco mais de dez anos, magro também, cabelos do mesmo tom. Seus olhos nos olhavam amistosos, eram negros, grandes e tristes.

Seguimos adiante. A mulher mantinha o olhar fixo em nós. Convite ou pedido. Não havíamos ainda dobrado a esquina, meio constrangidos com aquele olhar insistente, quando senti um puxão na camisa. Virei-me e encontrei o menino.

— Minha mãe tem uns quadros para vender, não querem ver?

— Agora, não, obrigado. Outra hora voltamos...

— São bonitos — insistiu. — O senhor não vai encontrar iguais em outro lugar.

— Ora, Lucas, não custa olhar.

Vera jamais resistiu a um menino. Todos lhe pareciam ter olhos tristes. Aquele realmente os tinha. Bastava um certo ar de desamparo, ou a suspeita de alguma carência, para que ela imediatamente tivesse o impulso de fazer algo para proteger ou agradar a criança.

Eu não acreditava que pudéssemos encontrar algo de interesse. Os quadros vendidos em Paraty são em geral artigos para turista, postais sem inventividade, técnica básica.

Vera, curiosa, já havia iniciado a volta.

— Faz parte do brinquedo. Afinal, as flores nos trouxeram aqui. Vamos deixar acontecer.

Entramos. Era uma casa pequena. Os móveis simples estavam dispostos com cuidado pela sala. Não havia lugar para o acaso. Muitos vasos, de vidro e porcelana, todos pequenos, todos com flores. Ao canto, uma mesa retangular, bem antiga, sobre cavaletes e quatro cadeiras. Um sofá e duas cadeiras de braço com assentos de palha trançada ocupavam o restante da sala.

Os quadros estavam apertados na parede maior, eram sete telas. Olhei as duas primeiras: paisagens rurais, academicamente retratadas por um amador dos óleos. Desinteressei-me. Minha atenção foi desviada para a parede mais distante, coberta de fotos. Era uma notável coleção de cândidos instantâneos e enquadramentos posados. Antigos retratos de família, a maioria naquele sépia das velhas fotografias. Muitas molduras ovaladas, principalmente nos retratos pessoais.

A maior das fotos mostrava uma numerosa família, hierarquicamente disposta em torno de um senhor, vestindo terno escuro e colete, sentado numa poltrona de vime, a mão altiva pousada no castão da bengala, pincenez e chapéu. À sua esquerda, um jovem sorria, os dedos enfiados no bolsinho do colete marrom-claro, o paletó aberto, olhos grandes e tristes, como os do menino que nos abordara e os de sua mãe.

Ao lado, um retrato oval de mulher nos seus trinta anos. Clara, bela, expressão marcante. Trazia um escaravelho fechando a gola alta, de renda, joia antiga e diferente. Muitas mulheres retratadas. Poucos homens. Família majoritariamente feminina. A parede segurava o passado, diante de seu resquício. Era possível ler a história de decadência lenta e redução progressiva daquela célula que se dividira e definhara. A morte, os percalços, os casamentos foram desmultiplicando aquela família. Restariam apenas a mulher e o menino?

Ela se aproximou de mim. Perguntei-lhe se eram fotos de sua família. Confirmou. Olhava-as maternalmente, os olhos brilhantes. Sorria. Fez-se séria, bruscamente, como se atormentada por alguma lembrança dolorida, saída daquela exposição familiar. Afastou-se.

Voltei-me para Vera. Só então percebi que algo a incomodava e paralisava. Pude sentir o medo enroscado em suas pernas, como um animal. Segurava um dos quadros nas mãos. Os olhos perdidos em algum ponto da tela, que eu não podia ver. Aproximei-me por trás, para olhar por sobre seus ombros.

Pintura interessante de uma pré-adolescente, aí em torno de seus 14 anos. Estava sentada em uma poltrona, estofada em gobelim escuro. Era o recorte de uma sala de leitura, ou pequena biblioteca. Lembrava muito uma tela de Balthus, sem a sensualidade. A poltrona estava em frente a uma janela francesa, as cortinas de brocado ouro-velho semiabertas. À sua esquerda, viam-se parte de uma estante cheia de livros, um pequeno potiche chinês, em branco e azul, em um nicho feito de madeira trabalhada. Entre a porcelana e os livros, um quadro pequeno reproduzia uma antiga carta de tarô: a Roda da Fortuna. A garota tinha um olhar adensado, maduro, parecendo mirar algo longínquo. Em seu colo, uma boneca de porcelana, vestida com requinte. A boca desenhada em um meio sorriso, os olhos muito abertos e muito fixos, desproporcionalmente grandes. Faziam impressionante contraste com os dela, que tinham vida, força, tragédia. Os da boneca, só vazio.

Close na menina pintada na tela. Foco na carta de tarô. Corta. Panorâmica da sala, a câmera se aproxima da parede com as fotos. Foco rápido nas muitas caras de mulher. Corta. Close nos olhos de Vera. Corta. Superclose dos olhos de Vera. Eles não piscam.

Olhei para minha companheira e para o voluptuoso animal que parecia expandir-se à sua volta. Dela, nem um suspiro. Estava em suspensão, fixa na pintura que segurava. Eu sabia que as bonecas a horrorizavam, paralisavam. Não ousei interromper o transe.

A mulher, a meia distância, olhava-nos com um sorriso. O menino, mais próximo, mantinha a tristeza nos olhos. Não discordavam do olhar retratado pelo pincel anônimo.

Intuía que Vera se detinha em cada peça daquele mosaico que, para ela, possivelmente, formava uma composição macabra. Dolorosamente fragmentária e inexoravelmente conforme.

Num gesto rápido, virou a tela, talvez em busca da assinatura. Lemos a inscrição, feita a tinta, atrás:

"A jornada tem muitos anos e está longe de terminar. T. S. '27."

Vera não movia um músculo sequer. Pequena rosa de suor formava-se em sua têmpora. Olhou para a mulher, inquisitiva. Voltou para a inscrição. Repôs a tela na posição original. Caladíssima.

Os outros dois, agora, já percebiam, com constrangimento, alguma parcela da estranheza que a assaltara. Ainda assim, a mulher perguntou:

— Não quer levá-lo? Não é caro... É bonito... antigo...

Não respondeu. Senti seu corpo relaxar de repente, num quase desmaio. Entrega de rendição. O feitiço entretanto havia se dissipado. Agradecemos e saímos.

Ela estava muito nervosa. O medo continuava a acompanhá-la, como um cão fiel. O seu pelo, negro e frio, roçava todo o corpo de Vera. Às vezes, crescia envolvendo-a por inteiro, outras vezes, diminuía de tamanho e, então, parecia um cão de guarda, fiel e íntimo, colado em suas pernas.

O menino acompanhou-nos até a calçada e ficou nos vendo afastar, com seus olhos tristes.

Abracei-a, procurando confortá-la. Apertei forte, tentando afastar, com minha força, aquele lobo perverso que a ameaçava.

— Tive uma sensação horrível, Lucas. Aquela tela parecia um sinal, sei lá. Parecia pintada para me dizer algo. Tinha tantas coisas que são significativas para mim. A boneca, a menina com aquele olhar de mulher centenária, a carta do tarô... Todos os meus signos. Não pode ser coincidência.

Falava com arrepios, os olhos nublados na iminência do temporal.

— Aquela mulher é uma bruxa. Foi como se tivesse encontrado um retrato de mim mesma, com tudo que me incomoda e me assusta. Parece deliberado.

— Ora, Vera. Só pode ser coincidência. É uma tela antiga.

— Chega de coincidências. Chega... Acho, até, que a menina se parecia comigo. Chega...

— Em nada.

— O quê?

— Ela não se parecia...

Fez um gesto de puro desalento. Nada mais disse, o que dizer?

Dobramos uma esquina e demos com a praça da igreja. Rodeamos e tomamos a transversal. Eu chamava sua atenção para o externo, enquanto seu interno transbordava dúvidas. Distrair a agitação com a vista, pouco a pouco, na ponta dos pés.

Num cruzamento, vi, novamente, o garoto de olhos tristonhos, encostado à parede, afagando a cabeça de um cão pastor negro. Ela não o percebeu. Ele levantou a mão e acenou um adeus.

Superclose dos olhos de Vera. Eles piscam. Corta.

— Tenho medos demais, Lucas.

São muitos os medos de Vera. O que a sufoca, certas noites, quando atacam as sombras. O que congela sua alma, diante de um rosto estranho, no qual entrevê a face do desconhecido. O que enfraquece suas pernas, quando se aproxima um cão. O que lhe dá ânsias de vômito, ao ver um boneco quebrado. O que estremece sua alma, sempre que está diante da roda da fortuna ou da morte, no Tarô. Todos têm algo que já se esqueceu e algo que não conhece. É este o âmago essencial de suas aflições, que tecem uma síntese estranha e nunca totalmente compreensível entre sua forte música e sua frágil personalidade. Síntese que explica o tenso e delicado equilíbrio que a mantém na margem de cá da sanidade.

— Só existe o medo da morte, que vem daquela angústia noturna, dos tempos de criança e, de algum modo, fica conosco para sempre.

Será?

Fez-me recordar Coleridge sobre as dores do sono: quando o medo paralisa a vida e a vergonha, a alma. É tamanha a culpa, tal o peso dos erros, embora não saibamos, de fato, se os cometemos ou fomos suas vítimas, que só o retorno ao desespero ingênuo da infância, ao choro aberto e livre, pode lavar nossa adulta vergonha e preparar-nos para olhar a morte de frente.

Afinal, a manhã é sempre uma promessa muito distante quando reina a escuridão.

O medo nasce da incerteza. Da suspeita de que o imponderável espreita o cotidiano permanentemente. O mundo da magia é o território insondável entre vida e morte. Momento impreciso no qual irrompe o inusitado e destrói a trama minuciosa das horas, embaralha a sequência rotineira dos atos e fatos.

— Sinto-me entre a vida e a morte. Caminhando... É uma longa viagem.

Os seres livres não temem a morte...

Acordou na densa escuridão da noite alta. Tinha sede. A luz pouca que vinha de fora morria nas pesadas cortinas cerradas. Ela as detestava, mas a mãe insistia em mantê-las. Capricho materno. Não compreendia a imposição. Pedia sempre cortinas leves, quase transparentes, que não brigassem com a luz. Ficou quieta um longo minuto. Perscrutou a treva. Noite de silêncios. Faltou-lhe o cricrilar volumoso. As pererecas também estavam caladas. Nem mesmo vento para farfalhar as folhas. Firmou as mãos no colchão e levantou o torso. Ouviu um rosnado, um arrastar numa garganta. Ou não?

Levantou-se um pouco mais. Ele veio um pouco mais forte, como um resmungo zangado. Virou o rosto lentamente. Viu uma tênue silhueta, vagamente delineada, mancha mais escura no escuro. Quis acender a luz, sua mão roçou o pelo macio da fera. Medo. Parou o gesto no ar. A mão estática segurava sua respiração. Recolheu-a, milímetro a milímetro. Fazia tudo muito quietamente, muito lentamente, muito mansamente.

Nela toda havia apenas um ponto elétrico, no fundo de seu cérebro, aflito, vertiginoso, febril. Demandava da memória a reconstrução imediata das horas. Que caminhos havia percorrido até ali? Onde estava? Como adormecera? Quando?

Estava só. Sabia de conhecimento certo. Um animal espreitava seu sono. Quem? Como? Por quê? Para quê? Não lembrava do antes, não entendia agora, não conseguia pensar no depois. Moveu-se, de leve. Rosnadura.

— Shhh!

Rosnadela arrastada, terminando num cochicho cicioso.

— Billy... — arriscou.

Grunhidos, roncos, cicios.

— Quieto! Cala! — despejou, com toda a autoridade que podia mobilizar.

Trovejou uma resposta cheia de ameaças indecifráveis.

Deitou-se, abatida, batida. Capitulava à fera e ao medo. Podia ouvir, próxima, a respiração daquele ser imóvel, à beira de sua cama. Mais nada. O pavor a deixou insegura. Duvidava de suas próprias intuições. A princípio, imaginou tratar-se de Billy, o pastor negro que, juntamente com Bonny, sua companheira, guardava a casa. Agora, já acreditava ser animal estranho e hostil. Invasor. Ficou imobilizada, fervilhando naquele ponto cerebrino. Sentia o corpo acelerar internamente, embora em total paralisia. Acelerava petrificada, tudo o mais parado e silenciado.

Ouvia seu próprio metabolismo reagir. O sangue corria em torrentes velozes, num murmurinho caudaloso, carregado pelas descargas de adrenalina. As batidas descompassadas do coração ecoavam em sua cabeça, ritmando a pressão montante, bombeando a correnteza sanguínea, que ameaçava escapar, à força, por suas têmporas. A respiração, que procurava dosar, ressoava forte, em outro canal auditivo. Primeiro, lá no fundo, surda; depois, mais à superfície, sibilante. Tanto mais forte quanto mais se esforçava para manter o peito inerte. Os olhos, muito abertos, viam a treva se adensar. Manchas vermelhas turvavam sua vista, como cogumelos atômicos em expansão explosiva. As explosões em azul atordoavam aquele olhar de cegueira. Faiscavam luzes imaginárias. Sua pele era pedra úmida. Porejava suor frio, retirado dos lençóis subterrâneos do terror. Uma comichão impaciente, crescente, enervante rastejava por seu corpo, deixando atrás uma trilha de aflições. Não ousava se coçar.

Rezou fervorosamente, pediu adjutório, proteção. Prometeu mundos e fundos. Jurou impossíveis juras. Comprometeu toda a vida que procurava salvar. E, depois, comprometeu-se para depois da vida. Começou pedindo pela vida, terminou pedindo por sua morte.

Queria só se salvar da dor e do pecado. Compreendia tudo: era castigo! Deixou-se tomar por avassaladora culpa. Pediu perdão, confessou os pecadilhos de que lembrava. Para compensar os que não lembrava, encompridou as penitências prometidas.

Esgotada, desiludida, depois do que lhe pareciam dias de espera, aflição e medo, abandonou a reza. Então, sentiu raiva. Muita raiva, fúria sem controle, ódio de sentimento fundo. Dos pais, que a haviam deixado só, à mercê de monstros e demônios. Da irmã, que não estava a seu lado. Do pai, que lhe negava força e autoridade, em hora de tanta precisão. Da mãe, ausente, negando-lhe o carinho do conforto, a proteção do aconchego, naquele momento de angústia torturante. Dela mesma, incapaz de se fazer amar, a ponto de a quererem sempre e nunca a abandonarem. Daquela fera hedionda, nascida do sono frágil, da sede extemporânea, da noite que não é para se ver. Abandonada, desprotegida, ressentia.

— Mamãe — chamou baixinho.

Respondeu o vulto negro.

— Papai! — aventurou gritar.

Ele se moveu, rápido, se aproximando ainda mais da cama.

Parou de gritar. Doía. Fechou os olhos, só para ver mais claramente. Esforçava-se desesperadamente para desacelerar. Repousar. Se entregar. Chegou, até, a sentir pena da fera que a maltratava tanto.

Afinal, adormeceu. Sono pesado, de agitações profundas, de medo, dor, raiva e culpa. Voltou a acordar, assustada e esperançosa. Tudo igual. Tudo pior. Chorou em silêncio, sentida, ouvindo as lágrimas correrem e caírem pesadamente no travesseiro. Chorou muito, soluçando, chorou alto, chorou livre, solta, abertamente. Adormeceu, finalmente, abafando o terror nos braços da inconsciência. Pela manhã, acordou outra vez sobressaltada, buscou o bicho, pronta para o pior.

— Billy! Seu desgraçado! Era você o tempo todo!

Chorava, convulsivamente, abraçada ao cão, que a lambia alegremente. Raquel abriu a porta do quarto e perguntou:

— Dormiu bem, Vera querida?

Adivinhou, então, a tragédia noturna.

CAPÍTULO 10

O eco das contas

*"Aqui estás, implacável
como a minha curiosidade,
que para ti me impeliu:
pois bem, Esfinge,
eu, como tu, também interrogo:
este abismo nos é comum."*

FRIEDRICH NIETZSCHE

Manhã estiada na ponta do sol. Agora, finalmente, poderíamos chegar ao mar. Prevendo a mudança do tempo, tratamos um barco, pelas mãos de Aparecida, de quem já havíamos conquistado todas as graças, com nosso apetite insaciável por quitutes fora de hora. O barqueiro, Argemário, era seu marido. Apressamos o café da manhã, apesar das tentações, e fomos para o ancoradouro.

Argemário era homem natural. Conhecia aquele pedaço da costa como poucos. Sério, esguio e amorenado, lento de movimentos, arguto de olhar, plácido de temperamento. Uma ou outra vez, deixava um sorriso breve, capiau, decorar seus lábios. Esse meio riso traía instantaneamente sua inteligência. Quem disse não haver malícia na simplicidade? Esperteza sem maldade. Sabedoria sem ardil.

Aparecida era diferente. Não havia recato em suas maneiras. Mostrava a concupiscência desabridamente. Quase gorda, os olhos brilhavam sempre com a antecipação dos prazeres da vida. Vivaz, picante como seus temperos, era personalidade tropical, aberta e acessível. Ele cultivava, reservado, as surpresas do mar. Ela cuidava da apetência, cúmplice dos desejos.

O barco apontou no rumo das ilhas. O sol brilhava por uma brevidade de estio. Estava quente. Recostados, apreciávamos a paisagem, enquanto nos embalava a marola. Do mar, podíamos ver a fechada cabeleira verde dos montes. A cidade nos mostrava o ventre. Fomos nos afastando. Argemário ia costeando as ilhas, calado. Também dispensávamos palavras. Ele buscava os lados virgens. Volteando uma das ilhas, o pipoco do motor espantou centenas de gaivotas, entocadas na parede aparentemente lisa, de pedra escura, decorada pelo musgo e pela maresia. Sobrevoaram o barco em bando, agitando repentinamente o silêncio oceânico com o ruflar de asas e a grasnada estridente. Contornamos uma última ilha e penetramos um grotão, escondido na escarpa, invisível para quem está do lado do continente. O talude submergia e desaparecia na profundeza pela esquerda. Eram águas frias e fundas, com a mansidão dos abismos.

A câmera está no movimento das águas, formando um imenso painel abstrato. Close no rosto de Lucas, contra o céu cheio de nuvens. Corta. Close em Vera, figura concreta contra um fundo infinitamente graduado de azuis. Corta. Foco na fumaça de luz. Corta. A câmera foca bruscamente o rosto de Argemário, natural e crestado pelo sol.

Desligou o motor e disse:

— Se quiserem nadar... Já, já voltamos. Vai chover logo, logo.

No horizonte, as nuvens já recuperavam o terreno momentaneamente perdido ao sol.

Debrucei sobre o manto de azuis que escureciam, em faixas quase simétricas, com a progressiva profundidade. Os fios de sol iludiam as transparências. A luz esfiapada não desvendava as águas fundas, protegidas pela muralha de pedra. A água estalava, compassadamente, nas paredes do grotão e nas bordas do barco. A abóbada, arredondada nas extremidades, formava uma concha, acústica, na qual repicavam os estalidos. Como as contas dos terços de madeira, que ecoam estalos compassados e aflitos, acompanhando o caminhar das freiras pelos corredores de teto côncavo e muito alto do convento.

Mergulhei na falsa espiral, novelo do tempo, atrás de minhas lembranças.

Alta manhã, o sol não conseguia romper a obscuridade do claustro. Pincelava ouro sobre o negro, sem burlar a opaca vigilância das grossas paredes de granito, das portas de cedro, dos hábitos fechados. Recuado, escondido por trás de meu pai, não a vi. Divisava apenas o sombreado da janela gradeada, que ocupava o terço superior da porta. Também não o via bem, só as suas costas, principalmente as mãos cerradas. Compartilhei sua angústia.

Ele lutava para vê-la com nitidez, na escuridão do corredor, a figura cortada pelas grades, os olhos escondidos pelo desencanto, a fisionomia e o talhe disfarçados pelos panos pregueados da veste. Tentava entendê-la, na determinação do alheamento, na fuga para votos imperscrutáveis. "Não vou entender nunca, meu filho. Nunca. Isso não é maneira de morrer."

A estranha Jacyntha, irmã de caridade, em nada lembrava Eleonora, a resoluta senhora da Buriti do Brejal e dos domínios do casarão familiar.

Decidira-se pela reclusão, quando o marido morreu. Assustou-se ao perceber que a barreira que os separara na fé havia permanecido intransponível até o fim. Não estava acostumada a derrotas. Sobretudo quando se tratava de convencê-lo a fazer seu gosto. Conhecera todos os caminhos que levavam à sua vontade. Ele cedera sempre aos caprichos da mulher, menos no essencial.

Essencial para ela, agarrada aos preceitos da religião que guiara seus passos desde a infância. Uma vida marcada sistematicamente pela obediência ritual. Datas celebradas disciplinadamente. Servilismo na fé, voluntarismo na família. A disposição para a crença e para a submissão à vontade rotineira e implacável dos oficiais de sua fé povoou sua trajetória de personagens talvez mais permanentes que aqueles aliançados pelo sangue ou pelo afeto. O confessor, conselheiro, confidente. As beatas de romaria. As aliadas de novena. Os coletores de donativos.

Ele jamais acreditara naquela parte imortal do íntimo chamada alma e que diziam precisar salvar. Principalmente, desacreditava no espírito, santo ou humano.

— Salvar o quê? De quê? De quem? — dizia à mulher, sempre que ela tentava convencê-lo a se converter.

A terra era seu mundo. Terra firme, produtiva, palpável. Somente nela acreditava.

— Ela dá, ela tira e ela recebe. O que mais? É tudo uma questão de equilíbrio. Vida e morte. Bem e mal.

No ponto final, ela o via desfazer a própria sorte, com tristeza imensa. Teimou em não aceitar. Mal se agarrando à vida, tragando sofregamente os últimos bocados de oxigênio, ainda se negou. Recusou consolo e absolvição, abstrações incompreensíveis. Só há consolo para os desesperados. Absolvição necessita o reconhecimento do pecado. Não desesperava, para ele a vida tinha o passo do concreto, era plantio e colheita, ciclo sabido, que começa e termina no tempo certo. O prolongamento acontece é nos frutos, reprodução.

— Deu as costas ao perdão. — Assim anunciou sua morte, perplexa e desconsolada.

Quando sua mão relaxou a leve pressão que os ligava ainda, a direita na sua, a esquerda na do filho, sentiu uma saudade enorme. Saudade de revelação. E encheu-se de dúvida e medo. Não enxergava através. Deixou o quarto de morte em irreparável desalento.

— Não vou entender nunca, meu filho. Nunca. Isso não é maneira de morrer.

Cumpriu a vontade do marido meticulosamente. Enterrou-o sem cerimônia religiosa, em caixão simples, quase anônimo. Poucas flores. Nenhum paramento. Nem cruzes, nem santos. Padre Serafim ainda tentou infiltrar rezas. Ela o impediu:

— Vai, padre. Esta foi a vontade dele.

— Pai, perdoai-os. Eles não sabem o que fazem.

A velhice avançada é contemporânea da morte. Soube aceitar a perda do companheiro. Só não pôde esquecer a última recusa. Jamais entenderia aquele jeito de morrer, sem fé e sem absolvição.

Não podia apagar da memória a decepção, a insegurança e o ressentimento. Como se consolar, se não obtinha certeza de que ele estava no bom lugar?

Resistiu por alguns meses, esperando que o tempo diluísse a lembrança. Andava sem rumo pelo casarão, buscando os pedaços reais daquele amor desfeito pelo desaparecimento material do seu único homem, desiludido pelo eclipse do espírito, perdido nas sombras, irreconhecível na luz que conhecia.

Há um momento na vida em que não se tem mais paciência para os sucessores. Os mais jovens são vorazes com o presente, desatenciosos com o passado e sonham avidamente com o futuro. O cotidiano irrevogável aprisionava-a no presente. Era vazio. Já não havia por vir.

Decidiu se recolher. Sua última parada seria o convento. Despediu-se com brevidade. Explicou o alcance da decisão: definitiva. Deixava a antiga identidade. Separava-se. Na limitada geografia do claustro seria companheira de si mesma e de Cristo. Curvou-se inteira sobre sua própria circunstância. Perdera o interesse pelas descobertas terrestres. Dessas que servem para construir mundos, abrir caminhos. Não queria buscar o sentido das coisas. Existência, aparência e essência não faziam mais indagação. Desejava a suavidade anestésica do cantochão. A tranquilidade imutável da meia-luz. A certeza inabalável do rito. A segurança absoluta das rotinas e das disciplinas.

Meu pai jamais perdoou o abandono, remembrança de carências mais fundas. Desde o dia em que ela se internou, guardou pesada mágoa.

Dois anos mais tarde, resolveu visitá-la. Levou-me com ele. Nunca soube por que me levou, nem atinei com a razão de sua própria ida. Não era, então, definível o sentimento que o ligava à Eleonora reclusa. Algo de remorso, pena e saudade.

O convento, escreveria depois, parecera-lhe inatingível, no alto da serra. Diante da porta enorme, recuou, sem saber o que encontraria além.

Respirou fundo e entrou. Entramos. Assim cheguei àquela sala de penumbras, onde ecoavam os terços. Onde via pouco e entendia menos. Só pude ouvi-la se aproximando da janela de grade e sombra. Desconhecidos, não se falaram, nem se tocaram. Olhou-a demoradamente. A contenção exigida pelo ambiente silencioso e sombrio, ou talvez o fio de medo que se guarda das coisas de religião, ou a tristeza e a desesperança, ou mesmo a fria distância da mãe, ou tudo isto e o que mais não pude captar, algo, enfim, muito pesado, sufocou sua reação. Com os dedos crispados, como se apertassem o cabo do chicote, no qual sempre se apoiaram os homens da família, desde antes de meu tataravô, ele se virou e saiu.

Saímos. Sem palavras. Ao cruzarmos a grande porta da entrada, caminhamos da escuridão para a luz, sozinhos, solidários, de mãos dadas. Ou não?

Ou apenas nossos sentimentos estavam entrelaçados, a ponto de me fazer imaginar que algo físico nos unia? Tinha os olhos muito secos. Eu conhecia esta secura, fruto sertanejo que constrange o coração e escasseia a lágrima, deixando prisioneira a emoção. Intuía um amor sufocado, de viés, cerrado em um anel duríssimo de outras emoções, todas nucleadas no sentimento do inelutável.

A frieza era aparência enganosa de um sentido mais radical, oriundo de um aprendizado de vida, no qual alguma perda original, real ou imaginada, faz impossível o resgate do sentimento, perdido nas contingências atritosas do próprio amar. Essas gerações desconheciam a linguagem explícita, que permite deslindar a polifonia do amor. Viviam cada decepção inevitável e efêmera como ardil de desamor. E se fechavam, cada vez mais, na forma, na aparência, silenciando o essencial e aderindo ao adjetivo.

Era um olhar de perdição, de reconhecimento do irrealizável, em muito parente da nostalgia revoltada com que se olha os mortos. Finalista, recompõe o futuro, com negação absoluta das fissuras do passado, limitando o possível ao apenas visível. O mesmo olhar que percebi nele, quando, juntos, espraiávamos a Buriti do Brejal, do alto da colina, captando, no mesmo lance, fazenda e vida, fraturas no tempo.

Em nenhuma dessas ocasiões, e não foram poucas, fui capaz de reconhecer o amor no miolo confuso das emoções. Só muito depois, a visão tardiamente depurada, entendimento mais amplo do múltiplo, pude reconhecê-lo. E era distinto, distintamente dele, muito diverso do meu. E igualmente forte, idêntico na composição original. Mesma natureza, caráter vário, singularidade.

Senti-me perdido. Ainda afeito ao preto e branco das polaridades mais simples, não entendia de entremeios. Não conseguia descobrir a razão em meu pai ou em minha avó. Nenhum dos dois me parecia totalmente certo ou totalmente errado; inteiramente bom ou inteiramente mau. Havia neles uma impenetrável mistura de elementos que se dividia em duas sendas entre si opostas e que, para mim, não faziam caminhos.

A porta fechou, com força, encerrando com um estampido seco e alto a ligação de vovó Nonôra com sua família.

Girei a rosca da memória ao inverso, buscando aflito a superfície do presente. Vera, há algum tempo na água, nadava preguiçosamente, na linha que fazia limite entre pedra e céu. Debrucei, novamente, sobre o fosso plácido de águas profundas e mergulhei. O frio acariciou minha pele suada. O azul zombava das dores e nostalgias. Eterno, não reconhecia mais que agora.

Fade out.

Com meu pai, vivi os laços fundos, difíceis e emocionais das relações em família. Ligações que, por não serem eletivas, têm às vezes a tendência a se complicarem, emaranhadas em uma trama densa de sentimentos contraditórios, de pequenos incidentes com grandes repercussões íntimas. Este foi o terreno das maiores contradições: emoções contidas, pessoas reservadas, longos e inquietantes silêncios. Tudo isto, em pleno sertão aberto, no ambiente sem limites da Buriti do Brejal.

Como reconciliar o silêncio cotidiano com a prosa fácil e solta das rodas na fogueira de fim de tarde, no enorme terreiro em frente à casa principal? Naquele lusco-fusco, quando a fogueira começava a queimar, tínhamos o único momento de igualdade naquelas terras. Ao pé do fogo, anoitecendo, cada um valia pelo que era, pelo caso que pudesse contar, pela coragem que pudesse mostrar. Naquela luz, diante do bravio, não tínhamos cor. Ou éramos todos pardos. Havia um peão, preto retinto, o Ticunha, que tinha os olhos enormes com os globos muito brancos. Sua pele e seus olhos brilhavam à luz do fogo. Às vezes brincavam que ele sumia no escuro da noite, aí diziam:

— Ih, o Ticunha ficou invisível!

Sem maldade ou apartação na fogueira de iguais. Muito diferente da vida ao largo desse fogo, onde a cor da pele marca intransponíveis fronteiras.

A caninha rodava a roda, sem preconceito ou hierarquia, e a palavra ficava franqueada até que o fogo ia baixando, a noite adentrava e os peões começavam a se recolher para a dormida necessária antes do dia seguinte de trabalho.

Tão diferente do fogo na serra, aristocrático, aceso na lareira familiar, nada democrático. Na casa dos parentes de minha mãe, o conhaque substituía a caninha; a conversa formal, o rude e natural improviso dos peões. Os criados não frequentavam a roda ao pé daquele fogo. Minha experiência na serra, origem remota de minha mãe, esteve sempre ligada ao frio e à formalidade. Meu avô materno morreu quando ela ainda tinha três anos de idade. Aos doze, foi estudar interna no Sacré Coeur de Marie, em Belo Horizonte. Nunca mais voltou a morar na casa da mãe, com quem mantinha relações frias e distantes.

Os períodos na serra eram bissextos. Meu pai nunca ia. Eu sempre acompanhava minha mãe, porém jamais com o prazer antecipatório que sentia quando íamos para a Buriti do Brejal. E, no entanto, tenho em mim uma parte significativa do frio da serra, do ar seco e puro, da claridade tão distinta daquela do sertão. Sobretudo, tenho gravado na mente e no coração o entardecer. Tão diferente do fim do dia na fazenda, tão límpido e tão lindo. O pintor Marcier dizia que em nenhuma outra parte do mundo encontrou as tonalidades com que o horizonte se coloria ao cair da tarde na Mantiqueira. Não sei. Sei que quando o céu enrubescia e se ouvia a ave-maria, eu experimentava os momentos mais reflexivos e místicos de minha vida. Sentia uma finalidade, uma emoção de grandeza, uma consciência da finitude do ser, que me deixavam engasgado. A serra foi, para mim, o ponto metafísico, o momento da fé incompreendida, do temor a Deus, da consciência da morte.

A conversa junto à lareira era sempre a mesma, embora pudessem variar os personagens. Como não os conhecia, para mim eram o mesmo personagem com nome diverso. Era um diálogo de reminiscências, que começava com o interesse manifestado por minha mãe de saber de alguém que conhecera no passado e prosseguia em um rosário sem-fim de mortes. A morte era o sujeito e o objeto da conversa.

— E a Aninha, filha de Beatrizinha, ainda está por aqui? — perguntaria minha mãe.

— Não, mudou-se para o Rio de Janeiro. Casou com um figurão do high society de lá, homem muito rico, que ela conheceu no Copacabana Palace, no réveillon — responderia minha avó ou tia Dô, uma prima também órfã que acabou solteira e companhia inseparável de vovó

Lázinha. Tia Dô viveu até os cento e dois anos, solteira e ranzinza. Gostava de minha mãe, perto de quem se tornava falante e agradável. Via-a como uma irmã muito mais nova e mais problemática, com compreensão e carinho. Sentia-se, também, vitoriosa na competição pelo amor daquela que tinha por mãe.

Logo em seguida, viria o mote predileto.

— Beatrizinha está bem, coitada, continua morando naquela casa perto da matriz. A Feliciana, irmã dela, é que morreu. Morte horrível! Uma doença que ninguém conseguiu descobrir o que era, sentiu muitas dores... Foi definhando até morrer... A irmã cuidou dela com toda abnegação, foram meses de agonia. Ela sofreu muito, tadinha... E o pior é que ainda tinha que enfrentar os ataques do Alfredo, o irmão, aquele que ficou alcoólatra, você sabe... Com a doença da irmã mais velha, o problema dele se agravou... A Beatrizinha, coitada, teve que aguentar tudo sozinha.

— E o seu Geraldo, marido dela?

— Morreu também. Teve um ataque fulminante do coração... A Beatrizinha ficou em estado de choque durante meses... Dois anos depois acontece isso com a irmã — informaria minha avó.

— Quem morreu também foi o doutor Miguel, você lembra dele, foi diretor do sanatório, morava naquela casa enorme perto do clube — diria tia Dô.

— Sei, o doutor Miguel, louro de olhos azuis... Quando era moço fazia muito sucesso com as moças.

— Coitado, sofreu tanto... Ficou viúvo duas vezes. Acabou morrendo sozinho, sem filhos e sem mulher... Outra que morreu foi a...

Interminável o desfiar das mortes. Fiquei com a impressão indelével de que se morre mais por lá do que em qualquer outro lugar.

Esse culto da morte também serviu para gravar em meu coração uma imagem soturna de minha avó. Senhora austera, cortesã voluntariosa, que manteve a posição social apesar de viúva, em uma terra e uma época em que o valor da mulher decorria da posição do homem a seu lado. Vestia somente preto. Ficou tanto tempo de luto pela morte do marido que o preto se tornou a escolha natural para suas roupas, para as simples e para as formais. Ela me parecia estar sempre pronta para sair para um velório, sempre na expectativa da morte, celebrando-a como o evento mais significativo do cotidiano das pessoas.

Guardei, portanto, parte da serra no recanto mais escuro de minha alma. Apesar da luminosa proximidade com o sol, a lembrança da serra é escura. Menos ao entardecer, quando ela tem todos os tons possíveis do vermelho e de suas misturas com o azul, e o inexprimível sentimento de um horizonte aberto para Deus. De resto, uma memória escura e fria, de luto.

CAPÍTULO 11

As mil faces da pedra

"É tempo para a destruição do erro."

WYSTAN HUGH AUDEN

A chuva quase nos pega ainda no mar. Já voltamos para o hotel empurrados pela garoa, que se apressava em engrossar. Após o banho, Vera foi ver Aparecida. Ela nos convidou para chegar até a cozinha. Queria prosa, em troca de meiguices temperadas da água salgada. Lulas marinadas, para aguçar o desejo. Peixe assado no forno de lenha, com ervas que ela cultivava com esmero. Já não conseguia determinar, com exatidão, quem era o sedutor e quem o seduzido. Vera estava evidentemente encantada com o espontâneo hedonismo de Aparecida. Esta, por sua vez, demonstrava francamente o quanto Vera a cativava.

Subimos ao quarto e, pela primeira vez, dormi sono pesado e sem sonhos durante o dia. Cansado com o passeio pelas ilhas e pelos corredores do convento, desmontei. Algumas horas depois, caminhantes, deixamos novamente o hotel.

É estranho o impulso andarilho que estas ruas antigas me provocam. Se dependesse de Vera, ficaríamos mais quietos e reflexivos, sentados nos bancos da praça ou em um bar mais aconchegante, conversando e observando. Eu, ao contrário, precisava caminhar, rodar a cidade várias vezes, olhando tudo como se fosse a primeira vez. Andávamos em voltas, descobrindo as mil faces das pedras. Ficávamos buscando ângulos novos nas ruelas idosas, detalhes, fragmentos do tempo, da vida, das pessoas. Assim iludíamos a monotonia. Nada nos podia ser redundante.

Finalmente, Vera nos conduziu até um bar de calçada, sentamos à mesa e pedimos cerveja bem gelada. Na praça em frente, um casal de namorados brincava, sondando, disfarçadamente, as emoções da adolescência. Faziam o aprendizado do amor, tateando as sensações carnais, apalpando o afeto em crescimento.

Em outro banco, mais à direita, embaixo de uma espatódea florida, um velho dormia.

Algumas crianças corriam, volteavam, saltavam. Não haviam, ainda, se dado conta do caminho. A vida espreitava-as, distraídas. Naquele dia, protegia-lhes a inocência com mão benévola.

A câmera começa um travelling pela direita. Zoom no rosto do velho. Corta. Enquadra o casal de namorados. Corta. Close de uma das crianças sorrindo. Corta. Céu. Corta. Fecha nos olhos de Lucas. Eles não piscam.

A consciência não campeava aquela praça.

— Como você se apaixonou pela primeira vez?

— Vendo você, ao piano, ensolarada.

— Não, quando sentiu amor pela primeira vez?

— Só nos apaixonamos uma vez.

— Ora, Lucas, e seu casamento? E todos os romances?

— Os da adolescência, só brincadeira. Sofrimento efêmero. O casamento, erro. Doloroso erro. Não que tenha começado errado. Não é isso. Entrou por vereda errada desde o começo. O amor é sempre uma aposta, uma possibilidade. Se houver coincidência, se conseguirmos manter rotas realmente paralelas, é para sempre. Se não, termina em uma das muitas encruzilhadas que surgem na vida.

O amor, na adolescência, é um ardil da alma inquieta. Os jovens não suportam a solidão. Estão certos. É da interação febril, da procura ansiosa, do desgaste incontrolável de energia que se obtém o conhecimento necessário para prosseguir perseguindo obstáculos. Isto só aprendemos depois, na maturidade, quando sentimos nostalgia da juventude.

Nesses começos, quando o coração aperta, a alma sôfrega suplica e o estômago descobre o frio em recanto insuspeitado, achamos que sentimos o primeiro e derradeiro amor. É possível que a intensidade juvenil com que emerge, pela primeira vez, o desejo de posse e de entrega não se possa superar. É uma entrega sem escolha, uma paixão sem amor. A sedução do medo, a força da descoberta, a impulsão do desejo. É essa combinação de sentimentos e sentidos pouco desenvolvidos ainda, todos novos, que gera tanta compulsão, tanta pressa, tanta gana. Depois se desfaz, nuvem, espuma do mar, nada. Nem lembranças fortes deixa. Só um gosto, por detrás, um travinho, um adocicado, uma ligeiríssima insinuação. Os que ficam, raramente se desenvolvem bem. Nascem de um abandono precoce demais da liberdade e da busca, da aventura e do risco, da tentativa e do erro. Nunca crescem inteiramente, ficam preservando aquele espírito infantojuvenil, que só é bom e belo a seu tempo. Como os vinhos que se deve consumir ainda verdes. Guardados além do prazo perdem toda a virtude.

Talvez por isso a tragédia dos erros em *Romeu e Julieta* tenha tanta força. Tragédia nascida de impulsos juvenis demais, para uma sociedade brutal demais.

Belchior cantaria:

Não quero lhe falar, meu grande amor.
Das coisas que aprendi nos discos
Quero lhe contar como eu vivi
E tudo que aconteceu comigo
Viver é melhor que sonhar
E eu sei que o amor é uma coisa boa
Mas também sei que qualquer canto
É menor que a vida
De qualquer pessoa.

Minha primeira paixão foi Angelina. Iniciamos um namoro no carnaval. Tínhamos dezoito anos. Eu havia cedido a uma pressão insistente de todos os amigos, para ir aos bailes. Eu era o chato da turma, metido a intelectual, que não gostava de carnaval, festas barulhentas e coisas do gênero. Lá, completamente obnubilado pelo alarido, inebriado pelo álcool, excitado pelo Rodoro, cheirado abertamente, e zonzo com aquela dança pulada em círculos, de uma tribo multicor, fantasiada para um ritual, para mim totalmente incompreensível, vejo Angelina.

Estava deliciosa numa fantasia de índia urbanizada. Uma Iracema estilizada. O objeto do desejo mais destacado em todo o salão. O transe, aquela empatia doida, que não se explica, que me fazia admirar a ela especificamente e a nenhuma das outras moças das mil e uma noites que passavam à minha frente, me compeliram a fazer um tímido gesto com os dedos, para cima, balançando-os ligeiramente, o mais próximo ao ritmo que conseguia, cautelosamente convidativo. Fiz isto depois que ela passou muitas voltas, sozinha, à minha frente. E ela me puxou a mão. Dançamos, comportadamente, abraçados, como se toda a taba nos olhasse, até que, pelas tantas voltas, já estávamos abraçados frente a frente, nos alisando e beijando. E assim ficamos todo o carnaval.

Não sei bem como começamos a mudar o rumo da relação, que surgira, puro calor, daquela dança tribal. Dava-me pouco tempo para as artimanhas do coração, sempre hesitante entre outros prazeres e os livros. Talvez me tenha achado diferente.

Na semana seguinte à Quarta-feira de Cinzas, levei-a ao cineclube para ver Rashomon. Perplexa, me pediu que lhe explicasse a excitação que via nas outras pessoas por causa de um filme que lhe parecera enfadonho e incompreensível. Ah! O que eu lhe disse, sobre a multiplicidade de pontos de vista e a ambiguidade da verdade percebida, em frases rebuscadas, no estilo pomposo e professoral que eu julgava apropriado para o intelectual.

Olhou-me de modo estranho, estranhíssimo, como se examinasse uma peça rara. E, pior... gostou!

Ela era superficial e verdadeira. Não conseguia captar o resultado da operação cerebral e perturbada que me ligava às ideias mais do que às coisas ou às pessoas. O certo é que, com sua beleza e extroversão, ela me enredou e, aos poucos, me afastou dos livros o bastante para que pudéssemos desfrutar, juntos, uma fatia dos anos que precedem a maturidade.

Um ano de carícias e já estava pronto para me casar. Sentia-me o próprio herói existencial. Enfrentaríamos nossos pais, combateríamos, com ferocidade, as resistências, imporíamos nossa vontade às convenções sociais. Construir minha própria vida: Angelina e brisas. Era tudo de que minha fantasia precisava: juntar o lado romântico, dar-lhe uma vestimenta existencialista e incorporá-lo, como luta geral, à luta particular contra a ditadura e o capitalismo selvagem.

Não seria bem assim, na realidade. Meus pais reagiram com surpresa, porém sem qualquer resistência. Eles sabiam, a seu modo, respeitar o livre-arbítrio. Angelina vivia livremente, sem restrições familiares. O pai era um poeta, literalmente. Eu já trabalhava como estagiário e, muito breve, seria contratado como repórter. Teria carteira assinada, direitos corporativos, salário fixo e parco.

Quanto ao resto, a fantasia tinha um pouco mais de fundamento. A ditadura estava lá e doía. O capitalismo selvagem corria solto e só nós, com nossa fé socialista, o poderíamos levar a seu fim inevitável. Seríamos apenas responsáveis por acelerar a visível decadência burguesa.

Remexia tudo, romantizando até meu pessimismo, curtido na malaise existencialista, precoce, cheia de raiva e Camus. Enquanto eu queimava em minha confusa obstinação, ela, tranquila, admirava. Não se sentia tentada pelas privações que lhe prometia, como joias raras. Algo em mim contudo a cativava e, na sua maneira simples de ver concretamente a vida, previa um futuro diferente. Finalmente, marcamos a data: assim que eu passasse no vestibular.

Entre nós se interpuseram o movimento estudantil e um novo amor. Mal entrara na universidade, fora tragado pela agitação política. A indignação moral com o projeto obscurantista de grandeza da pátria começava a se transformar em ardor revolucionário. O silêncio, imposto militarmente às gerações surpreendidas pelo fracasso dos anos dourados e pelas frustrações das esperanças reformistas, metamorfoseava-se em grito coletivo, social. Eram tantos os obstáculos que não víamos barreira alguma. Não sabíamos, então, que não colecionaríamos vitórias imediatas, mas, tristemente, apenas os nossos mortos. Naqueles tempos de raiva e fé, éramos imortais. Era preciso queimar Brasília, Rio, São Paulo, o Brasil.

Não, não fomos capazes de antever nossos mortos, nem nossos erros, nem todas as frustrações que se seguiriam. A ditadura nos congelou, adolescentes ou quase. Com o degelo, maduros, mergulhamos em muitos outros sonhos que nos deram tantas outras decepções. Chegamos à plena maturidade nesse tempo vertiginoso, durante o qual passaram-se tantos brasis, a mudança foi tão intensa e rápida, que se poderia dizer que fomos sendo transportados para realidades paralelas.

Esse Brasil calejado de desencantos é apenas um primo distante, muito distante, daquele no qual eu e Angelina nos conhecemos no meio da dança. E, ainda assim, Brasil. E continuamos perseguindo o sonho do Brasil, embora já muito diverso para cada um de nós, hoje distantes, alguns até inimigos. Naqueles tempos éramos românticos e amávamos os Beatles e os Rolling Stones, mesmo quando não o confessávamos.

Havia uma perplexidade, para nós invisível, com o fim do sonho das gerações de nossos pais. O delírio de queimar etapas, construir Brasília, aquele monumento marmóreo, abstrato, longe do povo, presumido pelo desenhista inconsequente como marco do novo país, liberto, socializado, igual. Um deserto cheio de pirâmides demagógicas de mármore branco. Uma orgia de cimento. Aversão ao verde do cerrado, serrado sem piedade. A negação das árvores como parte da urbe.

De tudo o que pensaram só uma coisa era verdadeira: a enorme solidão política do Planalto Central. Seria a capital das sombras, longe do povo, com seus palácios ocupados pelas fardas.

Uma convulsão intestina, associada ao desejo autêntico de reescrever essa história de homens abstratos, heróis remissos, valores perecíveis, de rápido consumo, compelia-nos, compelia-me à revolta aberta, à resistência ativa.

Embora sem ter ainda chegado à universidade, participava de tudo, dos debates no cineclube às passeatas, dos grupos de estudo às conspirações clandestinas. Tudo aludia ao desafio. Tudo negava. Tudo parecia levar a um novo princípio. A dialética do sonho. De pronto, não tinha mais tempo para aquele romance. As prioridades impostas pela liderança, assumida com deliberação, de um dos tantos grupos me obrigaram a adiar o casamento. O trabalho, por outro lado, exigia o que me restava das energias. Em breve essa revolta tomaria outros rumos.

A mão da opressão havia apertado ao extremo. O desafio se armara, passava-se a uma etapa adversária, onde a violência encontrava a violência. Não me deixei seduzir pela brutalidade. Nem minha indignação moral, nem minha concepção da sociedade justa justificavam a opção. Para mim, desde aquela época, a liberdade era sempre vitimada pela violência.

Fiquei entre os poucos ativos que preferiram lutar em outras arenas. Passado menos de um ano, encontrei-me isolado, destituído, condenado. Incompatível com os dogmatismos, negociei a solidão política. Jamais perdi a indignação que me levara à luta. Não concebia que o antídoto para a intolerância e o autoritarismo fosse obtido do uso da intolerância e do autoritarismo, apenas de outra persuasão. Mal saído da adolescência, cobrava-me mais do que podia dar.

Foram tempos escuros, de medo e de raiva. Medo em tudo o que se fazia, lutando ou fugindo. Medo na redação. Medo da ficha no SNI. Medo do camburão, do sequestro, da tortura. Medo dos pais desaparecidos. Medo dos amigos mortos. Medo das surras que levava, cada vez que era preso. Medo que fazia desistir e medo que fazia ir adiante, enlouquecido, cego, desatinado. Medo e medo.

E vencemos. Perdemos quase todas as batalhas. Vimos os companheiros dizimados. Sofremos todas as humilhações. E vencemos. Ficamos um Brasil civil. Das sociedades civis, muitas, nascidas da iniquidade e dos erros de todos nós. Vencemos. Só o saberíamos depois, filhos ou netos sentados nas pernas, amadurecidos, que o nosso era o lado forte, além de ser o lado certo.

Impossibilitado de continuar no movimento, me voltei para o trabalho e retornei a Angelina e à literatura. Nossa ligação, evidentemente, sofrera muito, no percurso acidentado de meu aprendizado político. Rotinizara-se de uma maneira perversa, quase subterrânea. Ela perseverava na admiração. Devorava meus contos, se interessava pelo meu trabalho, mas já não ardia de paixão. Quanto mais sentia arrefecer o sentimento, mais se esforçava em salvar o que já estava perdido. A ideia do casamento ressurgia, como opção desengonçada, para recompor a aliança rompida.

Foi quando encontrei Laís. Era o oposto de Angelina, retilínea, clara, traços delicados, clássica e, ao mesmo tempo, muito contemporânea. Parecia saída diretamente de uma tela de Modigliani. Havia uma distorção cativante, em seus traços, que a afastava da perfeição e a fazia real.

Seus quadros se pareciam com meus contos. Sua solidão era companheira. Seu apetite, como o meu, fora aguçado pelo desencanto. Padecíamos do mesmo mal e desejávamos a mesma cura.

Tive dificuldade em pôr fim àquela primeira ligação. Não sabia o que dizer, todas as saídas me pareciam impróprias. Angelina, a seu modo, entendeu meu descaminho. Um dia, terminou tudo. Beijamo-nos pela última vez, já quase de costas um para o outro. Laís me livrou daquele casamento precoce. A trama de nossas carências faria dele uma armadilha inevitável: viria dois anos depois, com muito mais som e fúria.

Na juventude somos egoístas. É idade em que vicejam narcisos. O amor é, então, como dizia Shelley, algo em nós sedento do seu igual. A atração vinha da extrema semelhança. Fizemos do outro o espelho de nossa própria vaidade. Iludidos pelo jogo de reflexos, confundimos o sentimento: onde víamos o gêmeo não havia mais que um.

Achávamos que tínhamos afinidades artísticas. Bastaram alguns meses de competição para que já não reconhecêssemos o talento do outro. Ela não se cansava de me dizer, no calor das discussões, que eu era um escritor medíocre. Eu passara a perceber as falhas evidentes de sua pintura, suas telas me pareciam colagens de outras telas, nenhuma dela. Ficamos dando voltas, tentando salvar o irrecuperável, descobrir terra onde não havia mais que mar tempestuoso, encontrar caminhos já impossíveis. O máximo que conseguimos foi muita dor, muita paixão e construir uma enorme fantasia sobre nós mesmos. Até que a finíssima névoa criada pela nossa criativa e solidária imaginação se desfez e revelou a armadilha escura em que estávamos metidos.

Levamos muitos anos para escapar do labirinto. A separação foi dolorosa e temperamental. Ego fazendo cenas para sua própria satisfação. Saí de casa numa tarde de verão. Deixei tudo para trás, até as lembranças. Levei livros e um disco de Satie.

Uma semana depois, tomei o avião para Nova York. Foi minha versão do cargueiro que levara as gerações perdidas para Paris. Mais rápido, porém, mirando o vértice cosmopolita. Perdi-me em Manhattan por anos, até achar o fio de minha meada. Retornei um pouco mais apto a tentar uma biografia.

Nunca olhar para trás.

"E a mulher de Ló olhou para trás e converteu-se numa estátua de sal." (Gênesis 19:26)

— Pensando nos amores do passado?

Vera penetrou meu silêncio com uma ponta de ciúme na voz.

— Nas ligações desencontradas. Não sei onde estava, nem para onde foi o amor.

— Você pensava no casal de adolescentes?

— Não. Acho que pensava no velho dormindo só. Às vezes mantemos as relações porque não conseguimos superar a aversão juvenil à solidão.

Vera também experimentou essas ligações de desacerto. A primeira foi mais um breve idílio, leve na jovialidade, superficial nas consequências. Deixou-a apenas despetalada, esperando uma nova florada.

Nascida na praia, guardou, sempre, um lado natural. Nunca buscou o caminho político. Enojada da violência do militarismo, virou hippie, naturalista, aderiu ao existencialismo sem causa alguma. Nutria-se de prazeres em fagulhas, preenchendo, a sorveduras, aqueles vazios perfurados pela tristeza familiar e pelo desencanto com a pátria.

Por dezoito meses, Vera e Antônio viveram no sítio de Petrópolis, cuidando de hortênsias, cavalgando em pelo, caminhando pela trilha ribeirinha que levava à cachoeira, serra acima. Distraídos, deixaram consumir a paixão. Despediram-se, companheiros, prometendo impossível amizade.

Foi quando nasceu a compositora. Ela ficou mais dois anos isolada em Petrópolis, compondo no velho piano alemão da família. Um dia, voltou para a casa dos pais. Raquel e Gustavo a receberam como se chegasse de férias prolongadas. Ela não compreendeu, queria admoestação, recebeu boas-vindas.

O segundo casamento foi uma dura expiação. Casou-se com Rodolfo, homem mais velho, amargo, a quem cativou com a beleza, mas agredia com a juventude. Escravizou-a com minúcias. Escravizou-se, num lapso de submissão voluntária. Redefiniu sua música: fugas concebidas aos soluços, clandestinas. Escapadelas até o piano esquecido na garagem.

Conservador, afastou-a de todos os amigos, para ele uma horda de bárbaros sujos e seminus. Censurava seu anarquismo quase niilista. Criticava sua experimentação musical e abominava a ideia de vê-la artista, sinônimo de vagabundagem e putaria.

Seu caráter não suportava alongar dissimulações. Por algum tempo, o medo a fez engolir a indignação. Alimento nefasto, quase secou sua vida. Em seguida, ensaiou breves desafios, mas não nascera para as artes da esgrima. Circundou a violência e rompeu de vez. Partiu poucos dias antes de completar o quinto ano de casamento. Deste, guardou as marcas. Até hoje elas aparecem, indeléveis, no lado mais escuro do fundo de seus olhos. No dia da separação, embrenhou-se pelas ruas da vizinhança que abandonava, em prantos. Surpreendeu-se à porta do clube. Entrou e foi até o salão de festas, àquela hora vazio. No palco, estava, como sempre, o piano de cauda. Quantas vezes quisera sentar ao piano no centro daquele imenso salão e mostrar-lhe tudo o que gostava, sabia e trazia omitido. Tentação pura. Sentou e tocou aquele reprimido concerto. As notas reverberaram pela sala vazia, fazendo o contraponto das lágrimas. "Boa acústica", pensou. Mas era tarde para aquele tipo de criação comportada. O medo a fizera adiar aquele concerto, até que não fizesse mais sentido.

No último acorde, abriu um tempo para renovar outra vez sua vida. Procurou, com cuidado, sua nova morada. Uma varanda debruçada sobre o parque Lage, borboletas amarelas invadindo a sala na tarde dengosa. Instalou-se, como se fosse viver ali para sempre. Decorou o apartamento com porcelanas, frascos de cristal, um lindo abajur Tiffany, muitos quadros, principalmente aquarelas. Por todo lado, detalhes. O piano em posição central. Despiu-se do passado. Na agenda do futuro, a música que sempre quis fazer, psicanálise e arrumações. Ali começava sua história. Vera somente.

Close no rosto de Vera. Música ao fundo. Violinos, o comecinho do Concerto nº 2 para violino e orquestra de Bartók, quando entra o solo plangente do violino. Os olhos piscam, se abrem, agudos. Macro dos olhos. Espiam e brilham. Piscam. Corta.

— Continuo sem saber o que é o amor. Eu o sinto agora. Mas não posso explicar o que sinto.

Como falar de amor, explicá-lo, quando dele só aprendemos tardiamente, quando raramente conseguimos distingui-lo, nos interstícios personalíssimos de biografias que não penetramos inteiramente? Como Vera poderia se assegurar do amor de Raquel por Gustavo? Diferenciar a paixão dele por Carmen da ligação permanente e obsessiva com sua mãe, se não era apenas testemunha, mas competia com cada um pelo sentimento, se desejava para eles uma história conveniente para ela mesma?

Como poderia eu discernir o amor controverso, cúmplice e reservado, que reunia meus pais naquela paralela entre os pincéis e a máquina de escrever? Que se infiltrava no silêncio das ausências dele, demorando-se na fazenda, emaranhado em suas estórias, peregrinando pela noite inteligente?

Havia amor. Singular. Sempre assim, de cada um. Pude vê-lo, afinal, quando surpreendi o olhar tristíssimo dela, sua incompreensão irreparável, diante da Smith Corona silenciada, vaga, terminalmente parada. Só então o vi, também, nele, toda vez que retornava e a buscava com o olhar aflito e admirava uma nova pintura.

Durante tanto tempo o amor é hipótese, dele não saber, por que ou por quanto tempo.

CAPÍTULO 12

Buriti do Brejal: capim-gordura

"Sentindo nos violões
os velhos mundos
da lembrança fiel de áureos passados..."

CRUZ E SOUSA

Há tanto mais por trás das coisas mais simples do que imaginamos. Nada na vida é tão trivial quanto parece. É preciso ter a vista limpa, como a da alma de Miguilim, "para ver a diferença toda das coisas da vida".

Amanheceu uma estiagem de sem-mais. Céu alto, clareado. Madrugamos para recorrer uma fazenda por recomendação de amigos que conheciam o proprietário, em viagem pela Europa.

O rio fumegava névoas. O ressereno da manhã deixou-nos quietos e relaxados. Mal percebi que chegávamos.

A mansão dominava a vista e se impunha ao campo. Uma das mais belas fazendas do estado, mais que centenária. Tínhamos recomendação de amigos comuns para visitá-la. Os donos ausentes, esperava-nos o capataz, Chico, senhor de muitos anos, indefiníveis na tez curada pelo sol e na jovialidade de gestos e maneiras. Bem-vindos.

Levou-nos até a casa, por uma picada refolhada por azaleias floridas. Nela tudo era meticulosamente preservado. Por dentro, regalava cuidados com o passado. Bonitos móveis de época caprichosamente dispostos. E no entanto...

Violões pendurados na parede, de costas. Música emudecida. Há muito algo calara as serestas. Ficaram aqueles vultos soturnos, guardando tristezas. Para dedilhá-los, só os mortos.

Um verso de Mário de Andrade me atravessou a alma, enchendo-a de saudade: "tenho desejos de violas e solidões sem sentido." Tenho muitas memórias de violas e violões e muitas solidões. Algumas sem sentido.

A música nunca se cala, porém, e as solidões, embora sem sentido, estão sempre cheias de sons, canções companheiras, composições em mosaico, construídas de lembranças melódicas, retalhos episódicos, reverberações existenciais longínquas e significativas.

A sala era só ressonâncias. Exibia as marcas de muitos tempos, ali superpostos em constrangida proximidade. As melodias das muitas esperanças e dos tantos desencantos. Os traços agora pálidos das alegrias. As impressões ainda fortes dos dias intensos. Os sinais dominantes das horas tristes.

Três mulheres moraram nela, sucessivamente. A primeira, de saúde frágil e tranquila alegria, a cobriu de flores campestres. Preferia leves tecidos orientais para os estofados e cortinas. Dispôs cuidadosamente as luminárias coloridas, Tiffany, Gallé, Daum Nancy, Lalique. Breve passagem, cheia de sutilezas. Sêo Chico a vira chegar e a vira morrer. Bem jovem ainda, era um peão muito solicitado pela casa, pois seu pai era, então, o capataz. A senhora era muito comentada pela crônica da época, por sua elegância e delicadeza — de maneiras e de físico.

A segunda, forte personalidade mundana, trouxe a festa. Manteve as sedas e rendas, superpondo brocados. Instituiu a seresta. Sua alma vibrava tensa e sonora pelo salão, como as cordas dos violões que tanto apreciava. Sêo Chico a viu chegar e a viu partir, deixando o senhor enfuriado e arrasado. Era, naquela época, o responsável pelos cavalos, única coisa que ela realmente apreciava na fazenda. A crônica, ela ocupou com escândalos e mexericos. Um dia, cansou-se da vida roceira, apesar de todo o fausto, e deixou a fazenda, sem olhar para trás, nem se importar com a ruptura de um amor espalhafatoso, forte, temperamental. Foi-se, sem mais.

A terceira viveu a decadência. Sêo Chico já era, então, há muitos anos, o capataz. O patrão, envenenado pela abrupta partida da mulher, por quem nutria paixão inquebrantável, e incapaz de ceder à dor ou buscar conforto em ombro amigo ou familiar, simplesmente foi consumindo com brutalidade toda a energia vital que tinha de sobra. Apagou subitamente. O filho mais velho assumiu a fazenda, com sua mulher. Senhora de espírito depressivo e fatalista, calou os violões. Pendurou-os de costas, com as cordas para a parede. Espalhou veludos escuros pelas salas, trocou os estampados leves por gobelins sombrios. Deixou, muito ereta e calada, a nave familiar soçobrar com severa dignidade.

Há, agora, uma quarta mulher. O marido, novo-rico do mercado financeiro, a comprou aos herdeiros empobrecidos, porteira fechada. Sentia-se algo intrusa, preservava o que não sabia mudar. Sua única contribuição era um retrato a óleo, na parede principal da sala de visitas. Das três primeiras percebíamos a vida. Dela, não mais que o fac-símile.

Deixamos a casa. A história corria solta pelos campos. Quando ela domina a imaginação, pode-se ver os trabalhadores vestindo grosso algodão alvejado, dispersos pela lavoura. Outro século.

Sêo Chico ofereceu-nos percorrer a propriedade em montaria. Aceitamos com entusiasmo. Ambos tínhamos, por caminhos diferentes, fortes ligações com os cavalos. O aprendizado de Vera ocorrera no haras de Gustavo. Seu gosto apurou-se na excitação do Jockey e nos exercícios de adestramento na Hípica. O prazer maior eram as longas cavalgadas no Sítio de Petrópolis. Eu os descobri nos pastos da Buriti do Brejal. Eram como cana, garapa, pitanga, jabuticaba. Não corria, nem saltava, vaquejava. Meu gramado sempre foi o pasto de capim-gordura.

Montamos dois belos animais marchadores, Campolinas de puro sangue, altivos e fogosos, trazidos selados pelo capataz. Navegamos o verde mar dos capinzais, livres e serenos. Subimos por pequena colina, ao fundo do pasto, de onde podíamos ver toda a fazenda.

O pasto estendia-se até quase o horizonte. À direita, era caprichosamente banhado pelo rio das Velhas. Do alto da colina podíamos ver, ao longe, pela esquerda, a chaminé da casa fumegando incansável. O campo era quase todo de capim-gordura. Via as touceiras da grama oleosa que os vaqueiros queimavam, junto com bosta seca, para espantar cobras e mosquitos. Seu perfume acre misturava-se com o cheiro da madeira queimada na fogueira e imprimia na memória, pelo olfato, a noite do sertão.

O pasto alto, na sua melhor forma, ondulado pelo vento, parecia o mar. Eu sertanejo sempre seduzido pelo mar. Sobretudo os de minha imaginação.

Virei-me para ele e disse:

— É lindo, não é? Emocionante. Parece um mar.

Notei que olhava a Buriti do Brejal com olhos frios. Não parecia que passassem sentimentos. Para ele era uma prisão da qual jamais conseguiria se livrar. Construíra um muro de ressentimentos, que o separava do mundo e da Buriti do Brejal. Terá algum dia compreendido que era dela que se nutria?

Naquele dia não cheguei a perceber o significado de seu olhar gelado sobre a Buriti do Brejal. Desentendia, ainda, o intricado de biografia diversa, enredo de gerações. Só reconhecia o meu sentir, cego à natureza múltipla das emoções. O capim ondeava minha remissão, na linha do futuro. Para ele, Buriti do Brejal era vida vivida, passado percorrido, presente encorpado, limite de porvires. Era pleno dela, mas sondava um universo maior, para o qual ela era limitação. Para mim, aquele pequeno mundo era ainda vasto demais. Ele já o tinha todo consigo e era pequeno demais para sua busca. Eu precisava conquistá-lo ainda, para transcendê-lo. Ele teria que deixá-lo, para um dia, quem sabe, recuperá-lo. Éramos iguais, mas não éramos coetâneos.

Puxei bruscamente a rédea da montaria e desci a colina rumo ao rio. Vera, respeitosa de meu silêncio, acompanhou. Neblina dispersa, o filão d'água faiscava novas águas, num passar sem-fim. Espelho avermelhado, de substância iodatada, refletia-me refletindo a visão do outro, tão meu. Perdido antes, perdido depois, reencontrado somente quando as palavras ficaram vãs, inúteis. Só lhes restam um sentido meu e um significado para outros, que a elas darão a sonância que escolherem. Para nós, eu e ele, só este amor já indizível, sentido sozinho. Aquela saudade.

Antes que alcançássemos a margem, um moleque interrompeu nossa cavalgada, chamando para o almoço. Retornamos à sede, apetite desperto pela marcha matinal. Bebericamos ótima caninha local, aguando o repasto.

A comida, caseira, sabia a lenha. Foi servida numa espécie de copa, em longa mesa de tábuas grossas, velhas e lustrosas. Frango, quiabo, pimenta de cheiro, angu de fubá, arroz e feijão. Goiabada cascão, queijo curado. Depois, cafezinho ralo. Parecia Minas. E era, a cozinheira, Fátima, era de um arraial perto de Juiz de Fora.

Entornei sofregamente a caneca de garapa espumante. O cheiro de cana dominava todos os ventos, inebriante. O suco esverdeado e doce era irresistível. Aceitei outra caneca. As canecas eram feitas de latão, enormes. O alambique era, para mim, algo inusitado na fazenda. Era o que mais se aproximava da ideia que eu fazia de uma fábrica. Eu estava inebriado com o que me acontecia naquele verão. Ganhara vários troféus importantes, solenemente entregues por meu avô e meu pai. De meu avô, recebi um chapéu de feltro de coelho e um chicote. De meu pai, a marca definitiva de que era reconhecido como homem e como igual: um canivete de fio e ponta. Uma lâmina de dez centímetros, afiada, embutida em um cabo de osso trabalhado, a ponta fazendo uma ligeira curvatura ascendente. Era dele, um xodó. Era meu, um marco, uma herança, reconhecimento, uma ponte inabalável entre ele e eu. Havia, finalmente, recebido o reconhecimento da hombridade. Naquela terra, chapéu, chicote e faca demarcavam o fim da infância e a plena admissão ao mundo dos homens.

— Chega de garapa, vamos provar a pinga nova — convidou Gualberto, primo quatro anos mais velho.

Bebemos uma quantidade impossível de cachaça, para quem só estava acostumado à garapa. Completamente embriagados, fomos carregados para a casa pelos peões, que se divertiam com nossas bobagens. Vomitei dois dias sem parar. Depois, pálido e fraco, me senti realmente promovido. Tomara meu primeiro porre.

Enchi o cachimbo com um vigoroso virgínia e o acendi com minúcia. Vera apreciava. A luz cortava a fumaça, criando figuras azuladas. Ela não olhava o móvel painel de fumo e luz. Examinava meu rosto, querendo penetrar a intimidade desse prazer inexplicável, quase sensual, certamente depravado, que se tem ao fumar. O tabaco inebria. No recipiente úmido, tem aroma suave, quase achocolatado. Aceso, torna-se acre e pungente, almiscarado. Ao final, ácido, sinaliza a hora de repousar o cachimbo e deixá-lo apagar.

O paladar acompanha o olfato. São vários os sabores, dependem do fumo e vão se alterando à medida que prossegue sua inalação.

O que dizer dessa injustificável sensação de prazer, quando se enche o pulmão de fumaça e, em vez de sufocamento, se tem alívio?

Escolhi o cachimbo por afinidade sertaneja. Pita-se compassadamente. Não se pode fumá-lo intempestivamente. Cachimbar é uma forma de meditação. Como o vaqueiro, que saboreia a vida parca pitando seu fumo na palha ou no sabugo, ao ritmo do carro de bois, por música o chiado lamentoso.

Há, certamente, nesse ritual do fumo, jogo de arquétipos, heranças ancestrais. É ato ritualizado. Rito de vida ou de morte?

De vida e de morte, positivo e negativo. Como todas as coisas da vida real. Há o lado do prazer e seu contrário. A constrição coronariana, a dilaceração pulmonar, a devastação cancerígena. Intercurso com a vida, namoro com a morte.

Ela via meu rosto através da fumaça, para adivinhar meu prazer. Como se pudesse destilá-lo e sorvê-lo, para sentir igual. Eu a olhava, para captar o que imaginava descobrir. Para sentir o prazer que ela sentia como se fosse o prazer que eu mesmo tinha. Ela me olhava, para descobrir o que eu achava que ela descobria.

Descemos, lentos, até o rio. Corria preguiça. Pegou. Deitamos na grama, árvore escondendo sol. Cochilamos.

Mergulhamos nus, no rio indiferente. Primitivos. Depois nos amamos na relva. E voltamos ao rio. E voltamos a nos amar. O vento trouxe a noite. Nossos corpos secaram na brisa. Tiritávamos. Voltamos a Paraty abraçados e calados.

No hotel, preparei duas doses generosas de conhaque, para espantar o frio e o resfriado. Acendi outro cachimbo, com fumo forte e cheiroso. Vera felina farejava a fumaça aromática.

A segunda vez que soube da morte, foi no meio do pasto, numa retirada aflita, conduzida por Valtércio, vaqueiro da Buriti do Brejal. Eu estava, juntamente com Tontonho e Nonato, peões jovens, meus companheiros de muitas lidas iniciais na Buriti do Brejal, buscando uns garrotes desgarrados, no pasto do Buriti, como chamavam o campo mais remoto da fazenda. Tinha um buriti enorme, dos maiores que já vi, altivo no meio do cerrado.

— Lucas, tão lhe chamando de urgência sem demora.

— Mas por quê, Valtércio, não são horas?

— Emergências, das importantes. O chamado não é para discutir. Seu avô e seu pai estão chamando e apurados. E é para voltar no galope do cavalo.

Não foi um retorno, foi uma correria pelos pastos da Buriti do Brejal. Valtércio não estava menos apurado do que dizia estarem meu pai e meu avô. Era coisa séria. Fomos a galope mesmo. Eu mal conseguia me manter em contato com a sela, enquanto Valete disparava campo afora. Cavalo quente, bastava ter as rédeas mais soltas para chispar em velocidade.

Ao chegar, encontrei grande comoção na sede. Em cima da mesa, pude ver, primeiro, dois pés calçados por botinas gastas. Choque maior foi ver os olhos esvaziados de vida de Tucão, um negro forte, de idade difusa, o fidelíssimo pau pra toda obra da Buriti do Brejal, dedicado de adoração aos dois senhores dela, meu avô e meu pai. O peito, todo vermelho, parecia mais fino e mais frágil. Tucão era alto, luzidio e musculoso. Ao seu lado, visivelmente abalados estavam os dois. Meu pai olhou-me tristemente e sinalizou para que saísse. Meu avô não tirava os olhos de Tucão.

— Que foi? Que vermelho é esse no peito de Tucão?

— É tiro de bala... Tiros muitos...

Valtércio começou a explicar, quando fui retirado às pressas para o escritório, ao lado, onde já estavam minha avó e as mulheres da fazenda. Mamãe ficara na cidade. Detestava essas situações, que abalavam demais sua frágil arquitetura emocional. Ela era dos semitons, dos tons sobre tons, das coisas suaves. Não tinha o tempero do sertão, nem conseguia suportar suas tormentas.

Minha avó sabia que não adiantaria silenciar sobre o acontecido. Eu tinha seu mesmo sangue e perseverava na indagação até saber. Contou-me que a desgraça fora resultado de um incidente que parecera a todos de menor monta. Mandou-me voltar à sala e ficar ao lado de papai. Ele me pôs a mão no ombro e disse:

— Não se impressione, meu filho, isto é coisa da vida. Triste, mas a vida às vezes é assim mesmo. Não há morte se não houver vida e a de Tucão foi brava, fiel e boa.

Quantos anos levei para compreender a contrariedade aparente nesta frase que meu pai queria consoladora. Quanta aflição e dúvida ela me trouxe. Como pode a morte ser coisa da vida? Como pode a vida ser a morte? Foi dolorosa a trilha que me levou ao entendimento desta síntese contrariada, que tem a vida por começo e a morte por fim, as duas, partes de um mesmo movimento.

Incidente filho de outro, mais grave, ocorrido muitos dias antes, a muitas léguas dali.

Na região havia dois fazendeiros que se davam ares de coronéis e capitaneavam jagunços: doutor Teodoro e Sêo Arthur. Viviam de desavenças e rivalidades, um ajudando sempre os desafetos do outro. Desencontros que levaram para a política e transmitiram a toda a família, como ocorre acontecer nas Minas Gerais e por toda parte onde as velhas estruturas de mando e parentesco persistem preservadas.

Um primo de terceira ou quarta de doutor Teodoro arrumou confusão para entrar em um baile, que festejava aniversário de alguém ligado ao grupo adversário. Chegou no momento mesmo em que um dos irmãos de Sêo Arthur, o Zéalberto, um zangado tipo da terra, que cuidava da maior fazenda da família, prestava os cumprimentos solenes do clã ao amigo e servidor. O acinte lhe custou uma chibatada rubra na face, à qual ousou responder levando a mão à cinta, em busca do revólver. Não lhe deram o tempo, nem a oportunidade. Os três jagunços de Zéalberto, mais o próprio, atiraram todos as cinco balas, mais rapidamente e por certo todas com mira fatal.

Dias depois, doutor Teodoro recebia o Russo, um pistoleiro afamado e temido, que rodeava entre as Gerais, o Goiás e a Bahia, sempre em busca de serviço de sangue. Mandou acabar com quantos pudesse, a começar pelo Zéalberto.

Russo fez um abalo. Na fazenda do Salgueiro, emboscou Zéalberto e seus três jagunços. Na sede, surpreendeu Arturzinho e, pior, uma bala malcolocada, ninguém jamais soube de quem, acertou Marileia, sobrinha predileta de Sêo Arthur. Foi uma tristeza enraivecida geral. A jagunçada açulada invadiu a fazenda de doutor Teodoro, espalhando morte. Colheu dois de seus filhos, entre mais de quinze outras fatalidades.

Foi tanta barbárie que o governo do estado despachou um delegado, com reforços, para dar fim à mortandade. Russo tornou-se o fugitivo mais procurado da região. Do outro lado, o jagunço Sabará, que comandava o bando de Sêo Arthur, foi caçado mata afora e morto em tiroteio violento com a polícia. Levou junto três policiais. O resto da jagunçada se dispersou anônima pelos sertões e até por isso o Russo ficou como alvo principal da demonstração da força da capital.

Doutor Teodoro acoitou o Russo em um sítio pouco conhecido que possuía em local bem distante e ao qual só se ganhava acesso atravessando a mata detrás da Fazenda do Chorão, que era a maior e a menos explorada de todas que possuía. O burburinho era intenso que o pistoleiro estava sob a proteção dele. A pressão política aumentava. A suspeita era grande.

O capataz de doutor Terêncio, irmão de Teodoro, tinha uma irmã que era casada com o primo de um dos peões da Buriti do Brejal. Arranjou para que ele levasse o Russo para uma gruta que ficava nos fundos últimos da fazenda, aonde quase ninguém ia, com medo das onças-pintadas, comedeiras, que costumavam dar por lá. Era mata de cerrado, muito para lá da rechã. Achou que ali ninguém jamais encontraria o matador e podia abrir os campos da Chorão para a busca policial. Feito e completado, ninguém encontrou o Russo, imaginaram que já estivesse no recôndito dos sertões da Bahia. A polícia foi embora, a capital esqueceu aquelas barbaridades do interior. Foram todos chorar seus mortos e preparar vinganças novas, para muito depois, esfriadas as memórias desses dias sangrentos.

Semanas depois, meu avô resolveu ir em cavalgada solitária até os fundos da Buriti do Brejal, para ver se tinha marcas novas de onça por lá. Ao chegar, deparou com um sujeito arruivado, de vara de bambu na mão, em plácida pescaria. Avistados um e outro, se cumprimentaram. Meu avô fez saber-se dono do lugar. O pescador se desculpou, julgara que essas terras nem tivessem dono, visto que era uma brenha só, não havia cultura, nem criação. Se pudesse compensar pela invasão, oferecia um pouco de peixe e uma pinga boa, que já ia desfrutar. Sentados na pedra os dois beberam e comeram juntos, proseando sem rumo. Até que, por horas tantas, meu avô juntou a ruivice sarará com o apelido do fugitivo.

— Houve muitas mortes por estas bandas recentemente. Eu desgosto muito dessas brigas e desse descaso com a vida. Agora tem por aí um matador acoitado, de extremo perigo, dizem. Em minhas terras, não quero jagunço, nem de uns, nem de outros. Nisto não tenho lado, ou tenho, sou de nenhum dos dois.

— Pois o doutor deve de saber que não se mata com descaso pela vida. A vida é coisa valiosa e as pessoas são as criaturas mais elevadas. Eu não escondo que já matei muita gente. Mas nunca com descaso. Sempre olho primeiro os olhos de quem vou atirar e só atiro se vejo que são olhos de raiva. Pessoa raivosa é que desmerece o povo. Uma coisa é matar quem não tem a morte em si.

Aí, concordo com vosmecê, é desrespeito. Diferente é matar quem já vem com a morte nos olhos, na alma. Matar desse tipo em briga limpa é até respeito demais. Vosmecê sabe, em briga limpa se pode matar ou morrer.

— Olha, nada tenho contra o senhor. Mas nas minhas terras, matador só bicho. E mesmo assim, caçamos as onças que atacam nosso gado.

— O doutor tem os olhos claros de água. Nunca viram dessa raiva. Vosmecê não me apure, nem pelamordedeus me force a nada, que não desejo lhe perder o respeito.

Meu avô se levantou, deu-lhe um cigarro de palha, que enrolara de véspera, e se despediu, dizendo que esperava ver as terras vazias de gente da próxima vez que lá voltasse, o que deveria ocorrer muito em breve.

— Vá em paz, se puder...

— O doutor saia em paz, se Deus quiser...

Chegando à Buriti do Brejal, narrou o fato, nesses detalhes, enquanto tomava café na cozinha. Ouviram minha avó Eleonora, o Diogo da Zefa, capataz da Buriti do Brejal desde sempre, Valtércio e o Tucão.

— Deus me livre, que perigo você passou!

Foi o único comentário de minha avó. O Tucão ficou olhando para ela, para ele, com uns ares que ninguém então percebeu.

Entendeu a estória toda como uma ameaça clara a meu avô. Pegou no revólver, montou no Grisalho, um cavalão tordilho, mateiro, que só ele montava, e se mandou para os fundos últimos da Buriti do Brejal. Foi caçar o Russo. O que aconteceu ninguém sabe. Sabemos que morreu, não sabemos se matou. Do Russo nunca ninguém soube mais. Na fazenda só se deram conta da tragédia de Tucão, o fiel guardador dos homens da Buriti do Brejal, quando ele apareceu já morto, ainda montado em Grisalho, descaído sobre seu pescoço, a rédea enrolada nas mãos, os pés enroscados nos estribos.

— Mas você não tinha a raiva nos olhos, foi a última frase dita por meu avô a Tucão.

A Buriti do Brejal era um mundo todo. Nela a vida se desdobrava em lições e emoções. Pelo menos assim eu a via. Creio que era, também, como meu pai a sentia. Ainda que não conseguisse dar-se inteiramente aos sentimentos daquele mundo que, para ele, certamente, era mais carregado de contrariedades e oposições. E de muitos limites. Era um território dividido por dois homens fortes, que sabiam se reconhecer olho no olho. Ambos haviam enrolado o sentimento no fundo do bolso traseiro da alma, para escondê-lo dos outros, como se fossem o espelho de suas fraquezas. Nenhum dos dois tinha a raiva nos olhos; neles, porém, rarissimamente deixavam aparecer o amor. Seja o amor por aquela terra atávica, seja um pelo outro.

Nunca vi em meu pai expressão mais desolada do que aquela com que contou à minha mãe a venda da Buriti do Brejal. Poucos meses antes de morrer, meu avô cometeu o que lhe pareceu o ato supremo de humilhação e maldade. Vendeu a Buriti do Brejal a um fazendeiro amigo, dono já de várias outras fazendas na região, mantendo o usufruto enquanto lhe sobrasse vida. Achou que o pai não o via capaz para tocar a fazenda. Minha avó jurou que ele nunca imaginara que meu pai a quisesse. O pai morreu com o desgosto de pensar que o filho desprezava a Buriti do Brejal. Doente, já não se sentia forte o suficiente para manter aquelas terras na forma que julgava apropriada. O filho sofreu a venda como desprezo paternal. Foi o derradeiro desencontro entre eles, por causa do não dito, do sentimento não revelado, por um, pelo outro e pelo que de mais caro dividiam, a Buriti do Brejal.

Meu avô provavelmente fez a escolha pelo menos em parte guiado pelo ressentimento que amargara por meu pai ter preferido a literatura e a capital à vida de fazendeiro no sertão. Suas idas e vindas, provavelmente mais as partidas que as chegadas, sempre o incomodaram muito. Meu pai interpretou o ato de meu avô como uma agressão incompreensível, traição dolorosa. Jamais se deu conta de que em momento algum de suas vidas dissera ao pai da importância da Buriti do Brejal em sua própria vida. Nunca mais o procurou, até o dia em que recebeu a notícia de que estava morrendo.

Tomou o avião no Rio de Janeiro sabendo que talvez nem visse mais o pai vivo. Chegando em Belo Horizonte, ainda pôde tomar o último trem. Dormiu um sono atormentado, um cochilo doído, um transe mau, entrecortado por despertares para olhar as horas no Omega. Entrou em casa de madrugada. Foi direto ao quarto do pai, nem totalmente vivo, nem morto ainda. Olhou, olharam um para o outro. Olhos em confronto e encontro. Sentou-se ao seu lado. O que dizer? Do que chorar? De tudo, de nada. Do desperdício um do outro, de um para o outro. Mas o pai já não falava. Nem sabia se ainda o via. Pegou-lhe a mão longa, magra e fria. Sentiu o tênue aperto. A resposta, como todas, quase indecifrável.

Os olhos, outra vez. Foi a última vez em que ainda os viu cheios daquela longa vida. Olhou para a mãe, que segurava a outra mão do marido e viu lágrimas, incompreensão e vazio.

— Não vou entender nunca, meu filho. Nunca. Isso não é maneira de morrer.

Deixou o quarto com a mesma expressão desolada com que narrara a minha mãe o fim da Buriti do Brejal. Mais que desolado, era um olhar final.

Essa trama de sentimentos traiçoeiros, de amor e incompreensão, que muitas vezes transforma as relações familiares em maldosa sucessão de atos cruéis, é para mim um mistério insondável. Tantos anos depois, ainda mal resvalo pelo significado dessa teia terrível de contradições emocionais. Nunca encontrei consolo aceitável para essas maquinações do inconsciente que, frequentemente, parecem artimanhas pensadas, jogo estratégico de sedução e agressão. Às vezes os laços de família se transformam em uma cilada inescapável.

É estranho que uma pessoa normalmente justa, sempre boa, embora nunca doce, seja capaz de tanta crueldade com quem lhe é mais próximo, certamente o mais querido. Que química perversa os faz se olharem, olhos nos olhos e, embora no fundo dos olhos haja inequivocamente amor, mantenham opaca a superfície do olhar? E a partir desses olhares turvos e recorrentes se desentendem vida afora. E o desentendimento produz uma carência funda e doída. E a carência alimenta o ressentimento, o ressentimento, a mágoa, a mágoa, as ações vingativas, como se fossem gritos alucinados pedindo socorro, perdão, entrega. Como se fossem, são, confissões de amor. São os sentimentos que, na minha terra, são marcados a ponta de chicote, como sinais de fraqueza. Por isso não cedem nunca a eles? Será?

É uma bioquímica trágica, predestinada à dor e ao fracasso e quase sempre irresistível. Foi dela que meu avô e meu pai se envenenaram e estragaram a relação entre eles, que tinha tudo para ser eletiva, íntima e agradável.

Tinham a Buriti do Brejal em comum, um vasto mundão de vidas, prazeres e partilhas, mas a colocaram entre eles, como barreira, como trava, como arma. Terminaram sacrificando a Buriti do Brejal e o amor de pai e de filho.

CAPÍTULO 13

A roda das buganvílias

*"Ah... caminhos caminhos caminhos errados de
séculos..."*

MÁRIO DE ANDRADE

"Pues te hieren las espadas invisibles del azul."

FEDERICO GARCÍA LORCA

Pressenti a sua aproximação. Era de esperar. Mais cedo ou mais tarde daríamos com eles. A cidade estava cheia. Andavam por toda parte. Não sei por que artes conseguíramos evitá-los até o momento. Sua origem é incerta. São, na maioria, bastardos, deserdados. Todos bastante sujos, de andar pelas ruas molhadas, pelos campos enlameados. Não eram hostis, mas insistiam na ocupação ostensiva do espaço. Às vezes demonstravam agressividade, nascida mais do susto que de alguma raiva. Outras vezes, podíamos sentir a raiva nos olhos deles, quando ficavam mais quietos, só nos olhando. Já os vira antes, ora separados, ora em bandos. Esta era a primeira vez que os via reunidos em tão grande número, doze ou quinze, no total.

Preocupei-me com Vera. Seu medo poderia precipitar acidentes. Agora, sim, pequenos incidentes poderiam se tornar muito significativos. Ainda pensei em mudar o caminho, mas estavam muito perto e a esquina mais próxima ainda muito distante. Passávamos por um quarteirão residencial, todas as portas cerradas. Não havia onde entrar.

Pensei ouvir Belchior cantando, fanhoso e sonoro, em alguma casa ao lado:

Por isso, cuidado, meu bem
Há perigo na esquina!

Então, estavam à nossa volta. Segurei firme sua mão e sussurrei-lhe para ficar calma e quieta, continuar andando normalmente. Só aí, ela os percebeu. O suor tornava sua mão escorregadia, cerrada em um aperto inviolável, trancado com toda sua força. Rodearam-nos em silêncio, curiosos. Dois deles iniciaram rusga. Ou brinquedo?

O menor deles volteou, alterando o curso que tomara. De repente, estava colado em Vera, roçando seu corpo. Era o mais atrevido. Tocava, empurrava, provocava, como se quisesse brincar. Apertei sua mão com mais força e disse-lhe que nada aconteceria. Gelada, suada, queria correr. Uma enorme contenção interior mantinha seus passos firmes e ritmados. Seu rosto estava coberto por fina camada de suor quase lodoso. Não ousava respirar.

Finalmente, alcançamos uma esquina e viramos. Eles seguiram adiante, buliçosos, como se não nos tivessem notado. Vera deixou seus passos acelerarem em progressão alucinada. Desabalou pelo pé de moleque escorregadio, atravessou o gramado de uma praça, chegou até um muro de pedra, à beira d'água. Parou. Suspirou. Chorou. Abraçou-me soluçando:

— É um absurdo! Há muito tempo não sentia tanto medo.

— Mas nada aconteceu, de fato.

— Eu me senti como se fosse morrer.

— De pavor, talvez. Eram só uns vadios. Não houve ameaça em momento algum. Não de verdade.

— O que é verdade? O que é fantasia? Eu não consigo fazer a distinção, quando estou sentindo tudo muito fisicamente, muito completamente. Eu fico perdida. Somos o que somos ou o que achamos que somos? Droga! Me encho de medo e faço jogo de palavras. Não quero encarar meus medos, nem lembrar o que passou.

Não disse mais. Olhou-me, apenas, perplexa e enraivecida.

— Que tal uma boa cachaça, lavada com cerveja, para relaxar?

— Está bem. Em local fechado. Onde não possam entrar.

Buscamos um bar, escolhemos uma mesa que dava para o jardim interno, ao canto. Pedimos as bebidas, demos as mãos e ficamos nos olhando, calados.

Entardecia, quando saímos. Vera trazia, ainda, toda a tensão do episódio infeliz. Parecia algo menos temerosa das ruas. E no entanto...

Logo no primeiro cruzamento, vimos um deles, parado na esquina, à nossa esquerda. Vera retesou-se. Dobramos à direita, evitando-o. Ela mal teve tempo para se recobrar e vimos outro. Como o anterior, imóvel, largado, parecia desinteressado. Vera não se guiava pelas aparências e sim pelo intenso sentimento de repulsa e medo, que não conseguia suplantar. Mais uma vez, caminhamos em direção oposta ao ponto em que ele se encontrava.

Ao depararmos com o terceiro, ela já estava no mesmo estado febril de antes. Não acreditava em coincidências. Sentia-se perseguida. Adivinhava deliberação naquela forma aparentemente fortuita com que surgiam nas esquinas, sempre à nossa frente. Onde eu não via mais que curioso acaso, ela só encontrava finalidade. E no entanto...

A cidade estava cheia deles. O bando se havia desfeito. Vítimas das probabilidades, avistávamos sempre alguns deles, em diferentes esquinas, ora aos pares, ora sozinhos. Na cidade pequena, de poucas ruas, estávamos entregues a um zigue-zague caprichoso. Construíamos um labirinto sem saída. Éramos, ao mesmo tempo, minotauro e presa.

A sensação de estar sendo seguido... À noite, na fazenda, voltando do pasto, todas as sombras nos seguem. Todas as estórias nos perseguem. Aceleramos o cavalo, disfarçadamente. Montamos de soslaio e vem a tentação de olhar para trás, junto com o temor de ver aquilo que já domina inteiramente o pensamento. É preciso resistir. Manter o passo. Prender o temor na rédea, para que não se torne pânico. Às vezes não dá. Alguém desembesta, dispara o cavalo e, quanto mais corre, mais terror o cavaleiro sente. Endoidecem.

Diferente é a suspeita de estar sendo seguido por gente concreta, sabendo que, mais que possível, é muito provável que esteja mesmo acontecendo a perseguição silenciosa. O mesmo carro atrás do ônibus, da universidade à casa. O sujeito parado na esquina, todas as noites, como um voyeur sinistro. Nunca o mesmo todas as vezes. Vários, alternando a vigia, no mesmo ponto, com a mesma postura. Sempre o mesmo tipo suspeito, sempre a mesma sensação de acosso, a certeza de que estamos marcados.

Na versão do outro, o suspeito é sempre culpado. Condenação sem juízo. Por que valores julgar, se não havia mais valores em que acreditar? Doença moral, perversão política. Todos os comportamentos são estranhos; toda regularidade, indício; toda mudança, prova. Nada justifica a tirania.

"Estão me seguindo." Ninguém desmente ("bobagem, você anda muito nervoso"). Não, é sempre uma verdade indiscutível: "é melhor deixar o país" ou "esconda-se por uns tempos" ou "é hora de mudar de endereço". A mãe: "mas você é uma criança ainda." Dessa forma muitos passaram a viver vidas clandestinas.

A expectativa torturante do ataque iminente. Por que fugir? Nenhuma culpa. Quando ele acontece, não há surpresa. Invadem sua casa, desmantelam sua biblioteca — arsenal mortífero —, algemam seus pulsos, encobrem sua cabeça com um capuz sórdido, de vergonha, mergulham você na escuridão e na dor.

Condenação imediata. Pena final. A engrenagem não sabe fazer outra coisa. Não tem freios. Muitos morrem entre seus dentes. Ela devora até mesmo suas próprias partes. Se nutre na voracidade e cresce. Um monstro feito apenas de ódio e maldade, um dragão da maldade, que só cresce e devasta se não é abatido para sempre.

Mesmo assim — e talvez por isso mesmo — jamais concebi mergulho nesse círculo, no qual a morte visa a morte. Os sentimentos são simplificados pela dinâmica irrevogável dos ódios. Primitivos, alienam as ideias, se divorciam da razão. E o círculo gira sobre si mesmo, autoalimentado, autofágico, sem-fim e sem finalidade.

Uma disfunção do destino. Um descaminho da roda da fortuna que virtude alguma pode controlar. Dobra no tempo, rachadura na vida. Um jogo doido.

Diversa a situação de agora. Nem as sombras da noite, nem as harpias da tirania. A andadura destrambelhou sem quê, nem por quê. Desandou mesmo. Endoidecemos.

Uma rua. Outra rua. Mais uma. Ainda rua. Todas iguais. Todas diferentes. Uma leva ao sul. Outra ao norte. A próxima ao leste. Ao oeste a seguinte. Mesmo destino? Ponto de partida, ponto de chegada. Desvio, ponte, bifurcação. Ligaduras de ponto a ponto. Onde estão os caminhantes?

A câmera mostra a pequena cidade em tomada aérea. Começa sobre os dois. Ela anda, revelando todos os roteiros possíveis. Todas as rotas se tornam compreensíveis a um só tempo.

Não mostraria porém a rua procurada, o endereço certo, a esquina desejada. O ponto final. Para isto é preciso pôr os pés na pedra. Vencer uma a uma as passagens. Ultrapassar cada casa, cruzamento, praça. Será?

Prisioneiros desse jogo sem sentido, mudávamos de rumo de esquina em esquina, tontos, assustados e alheios a qualquer razão. Por vezes tentávamos voltar e os encontrávamos às nossas costas e nos sentíamos forçados a tomar a direção oposta. Outras vezes, um deles aparecia à nossa frente e nos fazia voltar atrás, para logo sermos forçados a dobrar à esquerda ou à direita. Não sabia se andávamos em círculos ou fazíamos um trajeto retangular ou traçávamos um enorme triângulo, isósceles, esotérico. Não podia mais afirmar se estava envolvido apenas em um incidente louco, fruto de momentânea perda de controle, ou se, realmente, tornáramo-nos protagonistas de alguma trama infernal.

De tão obcecados pelo jogo, já não prestávamos atenção à paisagem. Não sabíamos onde estávamos. As onze ruas se tornaram uma espiral interminável. Vera perdera todas as referências, já duvidava que soubesse quem éramos. Para seus olhos só eles existiam. Em sua cabeça nada mais que o voo cego do destino.

Muitas coisas não são o que parecem. Têm um jeito quase infinito de se desdobrar.

Cinco quadrados do mesmo tamanho combinados produzem doze formas diferentes, assemelhadas às letras do alfabeto. São dispostas numa caixinha, cuja área é igual à soma da área dos sessenta quadrados de igual dimensão. Por exemplo: cada quadrado tem um centímetro quadrado de área e são todos reunidos em peças assimétricas, compostas por cinco deles cada uma. São alojados em uma caixinha retangular de 10 x 6 centímetros. Quem tentar, logo imaginará não ser possível arrumá-las naquela caixinha. Existem, porém, mais de duas mil maneiras de fazê-lo. É jogo de solução matemática. Um desafio e um aprendizado. Espiral retangulada desdobrando-se em confinamento, quase um sem-fim.

Fio de meada. Espera aflita. Noite de insônia. Conversa de bêbado. Choro de criança. Uivado de cão. Miação de gato. Pingo d'água. Medo de assombração.

— Eles nos cercaram.

— Para com isto, Vera. Basta você querer, atravessamos uma esquina e nada nos farão. Basta uma vez, para ficarmos livres desta caminhada ensandecida. Vamos voltar ao hotel.

— Como? Você não está vendo?

Eventualmente parecia mesmo que nosso trajeto não era tão aleatório. Desviava-nos para ruas menores e mais estreitas que nunca víramos antes. Os cruzamentos e as esquinas pareciam escassear. Em mais de uma ocasião, quase entramos em becos sem saída. Ainda estamos em Paraty?

Continuamos assim, por um longo período. Nada a ver com as horas de relógio que passavam sem percebermos. Extenuados, não conseguíamos pôr fim àquela loucura. Finalmente, ao avistarmos mais um deles, dobramos à esquerda e deparamos com uma casa muito antiga, aparentemente deserta, ainda inteiriça. Restavam traços inegáveis de beleza, acentuados por esfuziantes buganvílias de vibrante vermelho coladas às suas paredes. As flores pareciam se alimentar do abandono. Verifiquei que estávamos em um pequeno largo. De um lado, o casarão, de outro, um muro alto de pedras limosas, recoberto por florida vegetação espontânea. Testemunhas do tempo. À nossa frente, uma enorme touceira de buganvílias, entremeada por vegetação espinhosa, fazia impenetrável massa de ramo e flor, tendo por trás um estreito caminho de terra, em desuso. Naquele ponto, a floração se agarrava teimosamente a uma imensa e maciça pedra. Não era beco, mas era sem saída. Desta vez, só nos restava voltar e, enfrentando o medo, recuperar nossa liberdade.

Neste momento vertiginoso, em que fui capaz de perceber nossa condição, me dei conta de que a roda terminara seu percurso. Voltáramos a um começo.

Estávamos no limiar. Fronteira. Pisávamos linha fatídica, divisória da existência. De um lado, capitulamos, nos entregamos a nossos perseguidores, abdicamos da vida e da liberdade. De outro, uma luta terrível, a dor do enfrentamento. Por prêmio, a liberdade, a possibilidade de viver sem medo.

— Para, Vera. Nada está acontecendo. O mundo continua sendo o mesmo. Somos nós que estamos criando essa perseguição. Eles vagueiam. Nós é que estamos fugindo da perseguição que inventamos.

Levei-a até uma pedra. Sentou. Olhei-a firme nos olhos e tentei convencê-la. É uma febre. Uma trama tecida por nós. Eu cedi a seus pavores e a eles misturei os meus. Ficamos emaranhados em uma teia nossa, de lembranças, memórias, toda costurada pelo fio viscoso do medo. Apertei suas mãos.

— Vera, nossos fantasmas ficaram mais concretos que as pedras dessa rua, mais reais que as pessoas que encontramos. Me descreve uma só pessoa real com a qual tenhamos cruzado. Eu não sou capaz. Você também não deve conseguir. São difusas, apagadas. Fizemos de nossas ilusões o real e transformamos a realidade num sonho surreal. Ficamos loucos de nós mesmos.

— Lucas, eles são reais. E eles?

— Eles são o que eles são, Vera. Não o que imaginamos que sejam.

— Mas, e se forem?

Fronteira. Limiar. Portal. Aqui nos perderemos para sempre ou encontraremos a saída. Não foi a viagem. Foi a vida que chegou a um ponto limite. A travessia acabou. Será um fim ou teremos que escolher um trajeto novo, deliberado.

— É um beco sem saída, Lucas.

— Não, Vera. Sem saída estamos nós.

Apertei sua mão com força.

— Vamos, Vera. Vamos sair...

— Vamos ser atacados, Lucas.

— Se formos, fomos. Vamos.

Levantamos e tomamos a única direção possível. A única via. Não era um retorno, porém. A rua era a mesma, mas...

Eram muitos. Não sei quantos. Vera quis fugir. Prendi-a com os braços. Acelerei o passo, rumando direto para eles. Começaram a correr em nossa direção. Havia raiva nos olhares?

A câmera mostra a rua de pedras. Foco nos pés nervosos. Foco nas mãos crispadas de Vera. Corta.

Corriam, como se determinados a nos alcançar mais rapidamente. Eu arrastava Vera comigo, paralisada pelo medo. Estava determinado a enfrentá-los e sair da armadilha de uma vez por todas, para o bem ou para o mal...

Então os cães passaram por nós, como se jamais nos tivessem notado...

Fade out.

Este livro foi composto na tipologia Palatino LT Std,
em corpo 11/15,5, e impresso em papel off-white,
no Sistema Cameron da Divisão Gráfica
da Distribuidora Record.